「カレルが好き……そばにいたい…離れたくない」
彼にしがみつき、唇を求め合う。
（本文より抜粋）

DARIA BUNKO

欲望と純潔のオマージュ

華藤えれな

illustration※三雲アズ

イラストレーション＊三雲アズ

CONTENTS

この作品はフィクションです。
実在の人物・団体・事件などに一切関係ありません。

美しき亡骸

1　あの日の幻景

「……っ……」

シートベルト着用のサインが点灯し、窓硝子《ガラス》にもたれかかってうつらうつらとうたた寝をしていた蒼史《そうし》はうっすらと覚醒していった。

「お客さま、当機はまもなくプラハ・ルズィニエ空港に到着します。現地時間は午前八時三〇分、気温は摂氏三度……」

英語とフランス語、それにチェコ語のアナウンスが流れたあと、蒼史を乗せた旅客機はゆっくりと降下し始めた。

窓から地上を見下ろすと、雲間の下にあざやかな紅葉と緑が交じった森が広がっている。少しずつそのむこうにある赤茶けた街並が近づいてきた。大地を蛇行している銀色の筋は中学か高校の音楽の授業で合唱した『モルダウ』という川だろうか。

――いよいよ到着する……彼のいるプラハに。

そう思っただけで一気に心拍数があがってしまう。蒼史は大きく深呼吸し、気持ちをおちつけようと、前の座席ポケットに入れていたガイドブックをとってぱらぱらとめくってみた。

何度となく確かめた入国案内のページ。

空港内での両替所の場所、市内への入り方、地下鉄の路線図などをひととおり確かめたあと、背もたれに体重をあずけ、飛行機が降下していく感覚に身を任せる。

横目で見ると、ぼんやりと窓に映っている自分の顔はひどく不安そうだ。

目にかかるくらい長めの前髪の下からのぞいている風貌は、イタリア人の父親の血の影響からか、日本人にしては目鼻立ちがはっきりとしている。

けれど、不安でたよりなさそうな表情に、旅の疲労も重なってひどく陰気な雰囲気がにじみ出ている気がした。

きっと周りの乗客からは、気弱そうな、びくびくした旅人に見えるのだろう。海外でスリや強盗、サギにあったりするのはこういったタイプの日本人だろうか。

――そういえば、彼にもよく言われた。なんでそんなにいつも自信がなさそうなんだって。

蒼史は自嘲気味に嗤《わら》った。

しっかりしないと。日本にいるのとはわけが違う。海外では自分の身は自分でしっかりと守らなければいけないのだから。

蒼史が成田《なりた》空港でヨーロッパ行きの飛行機に乗ったのは今から二〇時間ほど前のことだ。途中、パリで乗り継ぎ、今は欧州間を運行する比較的小さな飛行機の窓際のシートに着いている。

初めての海外旅行。行き先は東ヨーロッパの古都プラハ。しかもツアーではなく、個人での一人旅である。内気でおとなしいタイプの普段の自分からすれば、暴挙ともいえるこんな行動に出たのは、ひとえにプラハでどうしても見てみたいものがあったからだ。

緊張のあまりずっと目が冴《さ》えてパリまではまったく眠れなかった。しかし無事に乗り継ぎ便に乗った安心感からか、この飛行機のシートに着いた途端、いきなり睡魔が襲ってきて、今も意識が朦朧《もうろう》としている。食事も飲み物ももらい損ねてしまったくらいだ。

——まいったな、もう間もなく彼の住むプラハに到着するというのに。

そう思うのだが、深い海の底に引きずられるように、ふっと眠りに落ちてしまうのを止めることができない。

蒼史はもう一度機内の壁によりかかり、開き直って目蓋《まぶた》を閉じた。

もういい、どうせなら到着する瞬間まで、この睡魔にたっぷりと身を任せ、少しでも疲れをとっておこう。

空港に着いたら、すぐに市内に行ってホテルにチェックインする前に、蒼史は目的の場所に直行する予定だ。帰国は四日後。蒼史が実質的にプラハにいられる期間は三日しかない。だからその間は一刻も無駄にしたくなかった。

意識が遠ざかるのを感じながら浅い眠りに入っていく。

その時、ふと蒼史の目蓋の裏に彼と一緒に過ごした日々がよみがえってきた。

数年前、日本に留学していた彼。よく二人で静かな工房に閉じこもり、優しく、狂おしい時間を過ごした。

思い出すのは、記憶の底にしまいこんだ懐かしい彼とのひととき。

建物の裏には鬱蒼《うっそう》とした竹林が広がり、若々しい青竹の香りで息苦しくなりそうだった。

あとになって振り返ると、あんなにもあたたかく、あんなにもかけがえのない愛しい時間は他になかったと思う。

それなのに、あの頃は二人で一緒にいられる幸せや喜びよりも、ただ彼に恋してしまった戸惑いと別れの予感に切なくなっていた。

相手は自分と同じ男、同性で、しかも一年間だけ、京都の芸術大学にきている留学生。

そんな外国人相手に本気の恋をしても辛いだけでしかない。

ましてや自分は彼が通っている大学の職員だ。彼と会うたび、そんな後悔と切なさに胸をかきむしられるような思いをしていた。二人で過ごす時間の大切さよりも、近い将来やってくる好きな人と離れなければいけない時のことを考え、日々、つのっていく自分の想いを必死に抑えようとしていたのだ。

今はもう戻らない時間への切ない想いと狂おしい思い出の数々。

あれから四年も経ったというのに、蒼史のなかから、あの日々が色褪《いろあ》せることはない。

人生で一番幸せだった時間。彼のひとつひとつの言葉、一瞬一瞬の表情、その時その時の自分の想いのすべてが映画のフィルムのようにしっかりと記憶の底に刻まれ、今もあざやかに息づいている。

◇◇◇

目を瞑《つぶ》っていると、彼と一緒にいた、あの京都《きょうと》での日々に立ち返る。

二人が出会った芸術大学のキャンパスや、見学に行った東山《ひがしやま》の三十三間堂《さんじゅうさんげんどう》も、一緒に将来の夢を語った鴨川《かもがわ》の土手も……濃密な時間を過ごした工房も、今もまだあの古都のなかにそのままの姿で存在する。

何ひとつ、あの場所からなくなったものはないのに彼だけがいない。

それを実感するたびに胸が引き絞られるような痛みを感じた。だから同じ場所に行き、よく目蓋を閉じ、心のなかで記憶の扉を開いたものだ。二人で過ごした一瞬一瞬を反芻《はんすう》し、思い出をなぞるように。

彼の笑顔も生意気そうな横顔も、少しだけかすれた切なそうな声も、ぬくもりも皮膚の感触も、そのすべてをはっきりと実感できるほど記憶している。

彼との約束を破り、自分から手放してしまった初恋だ。

もう忘れよう。彼は故郷に帰ってしまった。彼のことを忘れないと、自分は前に進めない。

心のなかで何度もそう己に言い含めているうちに、いつかきっと彼の記憶が消えてくれるものだと思った。彼を裏切るしかなかった罪悪感も、彼と二度と会えない絶望感も、ちぎれそうな胸の痛みも、きっとそのうち消えるだろうと信じて。

でも――――ダメだった。

彼との思い出が残っている場所に行くとたちまち涙腺がわななき、今にも涙がこみあげそうになった。だけど、絶対に涙を流すものかと堪《こら》えた。泣いてしまうと、胸の痛みがすっきりと消え、彼との記憶も風化して過去のものになってしまいそうな気がしたからだ。

自分は彼を忘れることができない。

ううん、彼を忘れたくない。いや、忘れるものか、彼への想いも、この心の痛みも、胸が引き絞られるような切なさも。そんなふうに思った。

自分は彼を裏切った責任と重みを抱えたまま、自らの意志で選んだ今の人生をしっかりと歩んでいかなければと己に言い聞かせてきたのだ。

だからこそ二人の思い出の場所に行くたび、いつもは痛すぎて思い出さないようにしている優しい記憶をゆっくりと掘り起こし、流れない涙とともに胸のなかでじっくりとその痛みを抱えこんで、彼への愛しさを紡《つむ》ぎだしていた。

そうしているうちに不思議と気持ちがおちつき、自分で選択した人生をおだやかに受けいれることができたのだ。

これは自分で選んだことだ。彼と別れる道を選んだのは自分だ――――と。

出会ったのは今からちょうど五年前の秋だった。

彼――カレル・バロシュは日本の木像彫刻や彫金を勉強するために東欧《とうおう》にあるチェコ共和国の首都プラハからやってきた留学生だった。

まだ二十歳という若さながら、カレルはかの地で西洋彫刻を学び、すでにいくつかの賞を受賞し、『早熟の天才』と呼ばれて将来を期待された新進の彫刻家だった。しかし若い間にもっと多くを学びたい、東洋の芸術にも触れたい、という理由から、一年間、蒼史の祖父が運営している京都の洛東《らくとう》芸術大学に留学していた。

一方の蒼史は春に大学を卒業し、その大学の学生課で職員として働き始めたばかりの頃で主に彼のような留学生たちの世話をしていた。下宿の紹介やトラブルが生じやすい各種手続きの代行といった留学生活のサポートとフォローが主な仕事である。

それ以外に、日本語教師の資格をもっているので、週に一度だけ、初心者むけの日本語講座の補講クラスを受けもっていた。しかし留学前に母国で日本語を身につけていたカレルはすでに流暢《りゅうちょう》に話すことができ、蒼史の講座に通ってくることはなかった。

そんな彼と親しくなったのはちょうど大学が学園祭を目前に控え、キャンパスが賑《にぎ》わいを見せる秋の晴れた日のことだった。学生課でパソコンにむかい、留学生も入居可能な賃貸物件のリストを打ちこんでいるところにカレルが訪ねてきたのだ。

「すみません」

大学の学生課に設置されていた下宿用物件の掲示板のメモを手に、カレルがカウンター越しに声をかけてきた。

「留学生のカレル・バロシュといいます。この下宿を見に行きたいんですが、不動産会社に連絡をとってくれますか」

外国人とは思えない綺麗な発音の日本語だ。語尾にほんの少しのたどたどしさを残していたが、あまりにクリアな発音に驚き、蒼史は、一瞬、引き寄せられるようにカウンターのむこうに立つ金髪の若い青年の顔を見あげた。

少し長めのさらさらとした金髪にアズライトのような青い双眸《そうぼう》。すっきりと怜悧《れいり》に整った若々しさをにじませた美しい外国人青年だ。

おとぎ話に出てくる王子が今風の若者になって現れたような、そんな雰囲気の留学生というのが彼の第一印象で、見ているだけでその青い眸《ひとみ》に吸いこまれそうな気がした。

カレル・バロシュ。二十歳。東ヨーロッパのチェコの首都プラハからきている特待生で、彫刻科の日本美術コースに在学中。

蒼史の頭に、数カ月前、他の留学生のリストとともに、目の前のパソコンに自らの手で打ちこんだ彼の情報が瞬時に駆け巡《めぐ》っていく。

「カレルさん、あなたの住所は、現在、大学附属の国際学生寮になっています。下宿を探すということは寮を出るということです。何か住みにくい問題が寮のなかに存在しましたか?」

外国人相手の、できるだけ教科書《テキスト》に近い日本語で話しかける。

「ふつうに生活する分には問題はありません。ただ周囲がうるさくて、人間関係が面倒なので」

前髪をかきあげ、カレルは煩《わずら》わしそうに言った。

「わかりました。では、今から不動産会社に問いあわせの電話をかけてみますね」

調べてみると、そのマンションの空室はちょうど埋まったとのことだった。それをカレルに伝えると、彼は、まいったな……と小さくため息をついた。

蒼史はパソコンにあるリストを開き、他に学生課に届いている物件がないかどうか探してみた。日本人の学生の下宿ならわりと簡単に見つかるのだが、留学生、ましてや短期できている外国人に対し、良質の部屋を貸してくれるところは少ない。

「それでは、この部屋はどうでしょうか」

蒼史はひとつの物件をプリントアウトし、カレルに渡した。

「場所は?」

「伏見《ふしみ》区の国道のそばです。駅にも近いし、便利なところですよ」

RMATION

「だめだ、排気ガスが多くて空気が悪い。少しくらい不便でもいいから、京都らしい風情の残った地域がいい。空気がよくて、美しい自然があるような…たとえば今の季節なら、自然が織りなす秋の色が、日ごとに色合いを深めるような風景」

なんて上手な日本語なんだろう。彼のリクエストを聞きながら、蒼史は心のなかで感嘆していた。日本的な情緒を理解し、ここまですらすらと日本語を話す留学生とは会ったことがない。日本語を専門に勉強している留学生ならともかく、一年間の留学のためにこれだけの語学を身につけてくるというのはすごいことだと思う。

こうしたタイプの人が創る彫刻というのはどんなものなんだろう。ふとそんなふうに思った。

「じゃあ、ここはどうでしょうか？　とてもいい環境です。私の家からも近くなのでよく知っていますが、このあたりには陶芸家の窯元《かまもと》も多く、伝統的な神社仏閣も徒歩圏内ですし、京都らしい風情が多いところです」

「見に行くことはできますか」

「あ、はい、今、地図を出しますね」

と言いながら、この下宿はけっこう入りくんだ場所にあり、外国人が地図だけを頼りに単独で行くのはむずかしいかもしれないことに気づいた。地元に不慣れなタクシーがたまに迷っているのを見かけるので、タクシーを利用したとしてもトラブルが生じかねない。

「……あの、ここは、あなたがひとりで行くのには、とてもむずかしい場所です。このあと、私が案内しましょうか？　お時間があるのなら」

「いいんですか？」

驚いたようにカレルが目をみはる。綺麗な色をした眸だと思った。宝石の青……というより、澄んだ青空のような深く、透明な色だ。

「ええ」

「ご迷惑ではありませんか」

「大丈夫ですよ。あ、ただ、今はまだ学生課の窓口業務があるので動けませんが、四時半には終わります。それからでよかったなら。それまでに大家さんにも連絡をとっておきます」

蒼史の言葉に、カレルは安心したように少し目を細めて微笑した。

「ＯＫ。じゃあ、四時半過ぎに、ロビーで」


仕事のあと、蒼史は待ち合わせのロビーにむかった。

広々としたロビーのなかにあるベンチに座り、彼は手すりに肘《ひじ》をついて本を読んでいた。オフホワイトのハーフコートを無造作にはおり、膝《ひざ》のあたりが破れたジーンズを穿《は》いた長い足を組んで、背もたれによりかかるように座っている。

学生課のカウンター越しに見た時もそうだったが、長めの艶《つや》やかな金髪、日本人に好まれそうなくどすぎない美しい目鼻立ち、抜けるように白い肌、少し生意気そうな口元……は、やはり自分たちが幼い頃にイメージした西洋の王子か貴族の御曹司そのものかもしれない。

ほんの少し彼が動くたび、空気までもがきらめいて見えるといえば大げさかもしれないが、まさしくそうしたオーラが全身からにじみ出ていた。

少し離れた場所で立ち止まり、蒼史はそんなことを考えながら彼の姿を見ていた。すると案の定、授業を終えて帰ろうとする数人の女子学生たちが彼の容姿を誉めているのが聞こえてきた。

「かっこいい、あんな人がこの大学にいるんだ。今度の合コン、誘ってみない?」

「ダメダメ、彼、誰の誘いにも乗らないんだって。他人《ひと》嫌いオーラが全身から漂ってるし、気軽に声なんてかけらんないよ。変わり者だって評判だし」

「私も耳にしたことがある。留学生たちの噂だと、すっごくプライドが高くて、生意気で、きつい態度とるって。ふつうなら言わないようなことをはっきり言うかと思えば、反対に気に入らないと話しかけても無視して、愛想悪いし、冷たいし、性格、最悪らしいよ」

きつい態度。愛想が悪い。冷たい。性格も最悪……。だが蒼史の第一印象は細やかな気遣いができ、丁寧な日本語を話す礼儀正しい人というものだった。

確かに人間関係が面倒だと言っていたことから想像するに、少し気むずかしいところのある芸術家というか、誰とでも仲良くなれるタイプではないのだろう。

——おれは、なんとなく感じのいい人のように思ったけど。

どっちが本当なんだろうと思った時、彼が蒼史に気づいて、ベンチから立ちあがった。


数分後、蒼史はカレルを車の助手席に乗せ、北白川《きたしらかわ》にある大学から両側に街路樹がつづく大通りを南にむかって走っていた。

「どうもすみませんでした。お兄さんのおかげで助かりました」

しばらく行った頃、カレルはふと思い出したように言った。

「留学生たちが住みやすい場所を探すのも仕事だから。あ、あの、大学の外では敬語じゃなく、できるだけ地元の人間と普通に話がしやすいように、言葉を変えるけど……おれはお兄さんじゃないよ、蒼史、八幡《やわた》蒼史」

「やわたそうし……。どんな字？　新撰組《しんせんぐみ》の沖田《おきた》と同じ字？」

「新撰組なんて知ってるんだ…。でも残念ながら違う字だよ」

蒼史は胸ポケットから名刺を出して、カレルに渡した。しみじみと文字を見つめたあと、彼は感心したように言った。

「綺麗な形の漢字だ。バランスは左よりで、一見アシンメトリーな感じだけど、史という字のおかげでうまくまとまって見える」

「やっぱり彫刻家は違うな。漢字を形で捉《とら》えるなんて、日本人のおれからしたらすごく新鮮だ」

「形は絵画的だし、意味も含まれていて漢字はとても魅力的な文化だ。蒼という字は空や海の表現に使う文字だろ。セルリアンブルー、透明な空の色、お兄さ……いや、蒼史の雰囲気にぴったりだ」

「おれの？」

蒼史は驚いて素頓狂な声で訊《き》き返してしまった。

「何かそんな印象。前髪が長くて、うつむきかげんだから、初めは気づかなかったけど、目鼻立ちがすっきり整っていて、少し日本人離れした綺麗な骨格している。それに全身から漂うオーラっていうか、空気がひんやりとした朝の湖水みたいで気持ちいい」

日本人離れ――――。

信号で車を停めたのと同時に、蒼史はふっと視線を落とした。

それを言われると、顔も見たことのない父親のことを思い出し、胸の奥に鉛《なまり》を沈められたような気持ちになる。若い頃、気鋭の陶芸家として名をはせていた蒼史の母は、イタリアから陶芸の勉強にきていた留学生と恋に堕《お》ちた。

二十代半ばの陶芸家と、若いイタリア人留学生。教師と生徒の恋。母にとっては身も心もすべてを捧げた恋だった。

しかし相手のイタリア人にとっては、日本人女性との一時的な恋の遊びでしかなかった。生涯の愛の誓いも、結婚の約束も、君はぼくの永遠の女神《ミューズ》だという甘い言葉も、君がいないと生きていけないという切ない囁《ささや》きも……すべてはその場だけのもので、彼は妊娠したから結婚してほしいと母が迫った途端に困惑し、蒼史が生まれる前に逃げるように帰国してしまった。

その結果、数百年続いた京都の古い伝統工芸の家で、母のことは親族中の大問題となり、蒼史はずっと肩身の狭い思いをしてきた。東京《とうきょう》のような大都会なら気にしなくてもいいことでも、蒼史のいる環境はそうではなかった。

——そう……自分の身体に流れる外国人の血を少しでも周りに意識されないよう、前髪を伸ばして顔を隠すようにし、いつもうつむき、人と視線を合わせないようにしてきた。

日本語教師の資格をとろうと思ったのもより日本人としての自分を意識したかったからだ。外国人と自分との間に一線を引きたかったというか。自分は彼らと違う場所にいると意識したかったというか。

ふっと虚ろになった蒼史の態度を勘違いしたのか、カレルは気遣うように問いかけてきた。

「こういう誉められ方、嫌い？」

「あ、う、ううん、誉められたの初めてでびっくりして。どうもありがとう」

照れ笑いしながら蒼史は信号が変わったと同時に車を発進させた。そんな蒼史の横顔をしみじみと見たあと、カレルは窓に肘をつき、ふっと鼻で嗤《わら》った。

含みのある態度だった。何か気に障るようなことを口にしただろうか、それとも何か変だと思われたのだろうかと気にしているうちにやがて車は目的地に到着した。

「着いた、ここだよ」

下宿は古びた一軒家で閑静な住宅街の奥にあるひっそりとした風情のある一画にあった。

ひんやりとした竹林からの風、目の覚めるような深紅に染まった紅葉《もみじ》や蔦《つた》が一枚の絵のような美しさをたたえている。薄汚れた漆喰《しっくい》が剝き出しになった廊下には、代々の留学生たちが置いていった彫刻や絵が無造作に飾られ、古いままなんの手入れもされていない家屋特有のセピアがかかったような、優しく淋しい雰囲気が感じられた。

「いい場所だ、ここに決めた」

カレルは一目見て気に入ったのか、その日のうちに契約を済ませ、翌日に退寮の手続きをした。

それからしばらくしたある日、カレルは下宿を探す時に世話になったからと、授業で制作した湯呑みをプレゼントしにきた。

「これ、よかったら。この間のお礼」

小さな袋を渡され、蒼史はその場で開けた。

「すごい、かわいい」

仔犬とマリオネットの絵が描かれた小ぶりの湯呑みだった。どの角度から見ても美しい形に見え、しかも掌《てのひら》に心地よく馴染む作品だった。

見ているだけで引きつけられ、くるりと掌に包みこみたくなるようなフォルム。

唇を近づけると、甘いキスをしているような優しい陶器の感触。とても初心者が創ったものとは思えない、熟練した職人の作品のように感じた。

「彫刻科の学生なのに、陶芸もこんなに上手なんだ。すごいね。この仔犬とマリオネットも、カレルが描いたの？」

湯呑みの形の完璧な美しさとは対照的に、少しばかりいびつな仔犬とマリオネットの絵がそこに描かれていた。稚拙さとかわいらしさの中間をゆくような、それでいてとても味のあるイラストに、蒼史はふっと口元に笑みを見せた。

「気に入った？」

「あ、うん」

「ホントに？」

壮絶に美しい顔に少し不安の色をにじませた様子がこのイラストの仔犬にも似て、とても愛らしく感じられた。ふだんのクールで澄ました彼からは想像できない一面だ。

天才と呼ばれているのにこちらが喜んでいるかどうかを確かめたがるなんて謙虚というか、完璧主義というか。

「ホントに気に入ったよ。かわいくてかっこよくて……ああ、うまく表現できない自分の言葉がもどかしい。でもすごくうれしい。ありがとう、大切にするね」

蒼史がにこにこと笑いながら言うと、釣られたようにカレルも微笑した。

使うのがもったいないほど綺麗な形の湯飲み。

しかし使わないほうがもったいなく思えるほど、唇によく馴染んでくるものだったので、その日から、蒼史は職場でその湯飲みを自分用として使用した。

その日から、二人は少しずつ親しく話をするようになっていった。

もっとも留学生の彼は作品創りや勉強に忙しく、一方の自分は入退院をくり返している母の状態がよくなかったので、それから数カ月は大学や近所の道ですれ違う時に簡単な挨拶をするくらいの、顔見知り程度の距離を保ったままだった。

そんな二人がプライベートで会うようになったのは、京都の街を霞むような桜が一斉に咲き競《きそ》う春のことだった。思案顔で下宿近くの公園にいるカレルを見かけ、蒼史が声をかけると、彼はこのあたりにひとりで作業に集中できる窯元を探していると答えた。

「カレル、陶芸にも興味があるの？　専門でもないのに」

「ああ、木彫や彫金、石像や灯籠、いろいろやってみたが、ただの土からモノを創る作業をやってみたくて。このあたりは京焼《きょうやき》の本場だし、これもチャンスだと思って」

「そうだね。ここらへんは気候風土が陶芸にあっているのか、京焼の里とも言われるほど有名なアーティストが大勢住んでいて、けっこう窯もたくさんあるから」

「ああ、だけど他人に窯を使わせてくれるようなところがないんだ。授業でひととおりは勉強したんだけど、火の調節や釉薬《ゆうやく》の使い方とかも含めて一から自分でやらせてくれて、なおかつ技術を教えてくれるようなところ。帰国するまであと半年。適当なところがないか、もう少し探してみるつもりだけど」

「でも、このへんの窯元はプロの陶芸家さんたちが仕事のために使っているから、カレルが自由に使うのは難しいかも……」

　と言いかけ、蒼史はハッとした。

　——そうだ……うちの窯なら……ずっと母さんが入院中で長く使用していないし、今ではおれが土をいじったりする程度だ。むしろ、使ったほうが手入れができていい。

　そう思ったものの、気むずかしい祖父がどういう返事をするかわからなかったので、カレルには下手に期待を抱かせないように何も話さず、帰宅したあと、蒼史は祖父に相談してみた。

　広さだけが取り柄の静かな京の東山《ひがしやま》に建つ蒼史の自宅には、敷地の奥に本格的な京焼用の工房がある。かつては祖父と母が精力的に作陶していた大がかりな工房で、彼らの未完成の作品や習作が並べられていることもあり、他人を入れることは基本的に禁じられていた。

それでもカレルだと言えば、許可が下りるかもしれない。祖父ならば、彼が初めて作った陶器の形を見ただけでそのすばらしさを理解し、支援をしてくれるのではないだろうかと考え、思い切って言ってみたのだ。

「めずらしいやないか、蒼史が私にたのみごとをしてくるなんて」

二人で話す時は、祖父と蒼史は京言葉を使っていた。留学生と話す時は、できるだけ標準語に近い言葉を選んでいるが。

「彼の陶芸作品、綺麗な形をしているだけやなくて、触れるととっても優しいんです。そやからもっといっぱい創って、上手にならはったら、どんな作品ができあがるのか興味があって。週に一度くらいやったら、おれが責任をもつんで」

蒼史は祖父に彼の作品の湯呑みを見せた。どの角度から見ても美しい形。しかも手にとるとしっとりと掌に馴染み、やわらかいカーブが唇に優しく触れる。

それを手にした途端、祖父の顔つきが変わった。

「カレル・バロシュ、彼は……陶芸でもこんなに見事なものが創れるのか」

しみじみと感心したように呟《つぶや》き、祖父は何度も何度も角度を変えて彼の作品を確かめた。

「惜しいな、陶芸でも一流になれるぞ、彼は」

「お祖父さんもそう思われますか?」

「たぐいまれな才能の持ち主やと思う。彼ならかまへん。むしろ才能を伸ばしてやりたい。蒼史、おまえが立ち会うなら、週に一度、日曜の午後にでも貸してやりなさい」

気むずかしい祖父がふたつ返事で承諾してくれ、そのことを告げようと、翌朝、彼を大学の正門で待っていた。

桜の花吹雪が舞い散るなか、彼は思いがけない朗報に驚いたような顔を見せた。

「いいの？　オレはすごくうれしいけど、自宅の窯なんて……」

「祖父がいいって言ってるから大丈夫だよ。感心していたよ、カレルの作品を見て」

「じゃあ、今回は、ありがたく蒼史の親切に乗っかっちゃうけど、結果的に蒼史を利用したみたいで申しわけないな」

「そんなことないよ」

「でも時間をとられるんだぜ。毎週、オレにつきあわないといけないのに、それでもいいのか？」

「いいよ、週末はいつも工房でいろんな母の手伝いをしていたから。簡単なアドバイスなら可能だし、なんなら祖父にアドバイスをもらうこともできる」

「おまえの祖父って、あの有名な巨匠だろ。オレみたいな素人にアドバイスなんて」

「それは君がそれだけの作品を創る人だからだよ。おれ、君からもらった湯呑み、すごく好きだし、もっと君がどんな作品を創るか見てみたいんだ。形が綺麗なだけじゃなく、触っていると、なんていうか、優しいぬくもりを感じて……」

称賛されることなど慣れているだろう。そう思いながらも、精一杯、自分の心に抱いていた言葉を口にすると、彼は少し目を見開き、また驚いたような表情を見せたあと、最後に淡い笑みをうかべた。

「……ありがとう」

少しばかり照れくさそうな、それでいてすごく幸せそうな、満たされたような笑みに、胸の奥がふわっとあたたかくなった。

自分の言葉や行為を純粋に喜んでもらえたことに胸がはずむ。あまりにうれしくて気恥ずかしさをおぼえ、蒼史はカレルから視線をずらしてうつむいた。

「蒼史……桜、ほっぺたについてる」

彼は外国の人がよくするように、蒼史の肩に手をかけ、頬にそっと唇を近づけてきた。

お礼のキスをされるのかなと思ったけれど、彼は触れるか触れないかのところで唇を止め、蒼史の頬についていた桜の花びらをそっと唇でとった。

「……っ」

ふっと頬に触れた曖昧《あいまい》な感触にぴくりと身体を強ばらせ、見あげると、目を細めて彼がほほえみかけてきた。満開の桜の木漏れ日が彼の金髪をきらきらと耀《かがや》かせ、世界中が明るい光に包まれているような気がした。

「カレル……」

視線を絡め、カレルは蒼史の前髪を片手で梳《す》きあげてきた。

「オレの陶器よりおまえの骨格のほうが綺麗な形をしている。きめの細かい肌はつるっとしていて触感が信じられないほどなめらかだ。見ているとつい触りたくなる」

額や頬の形を辿るように長い指で触れられ、それが造形的な興味だというのはわかっているのに、なぜか胸がざわめき、ふいに鼓動が大きく響くような感覚に襲われた。

「そういうとこ、おまえの中身を表しているようで、いいなって思う」

「カレル」

「おまえのこと、モデルにして彫像を創ってみたい。一度、なってくれないか」

突然、カレルは何を言うんだろうと思ってびっくりした。変わり者だという噂があるのは、こういうことを口にするからだろうか。

「無理だよ、おれみたいな地味なの、彫刻のモデルなんて。おれ、そもそも、じっとしてることなんてできないし」

「いつかなってくれ、モデルに。おまえにはそれだけの魅力がある」

本気で言っているのか、それとも母がよくイタリア人の父から言われたという外国人特有の、お世辞なのか。

「魅力なんて……カレル、おれ、全然だめだから」

蒼史は照れ笑いした。目立たないよう、イタリアの血に気づかれないようにと思うあまり、うつむきがちに過ごしてきた自分は、学生時代、クラスメートからも『暗い』だの『幽霊みたい』だのと言われ続け、誉められたことは一度もなかった。留学生の世話をするうちに、自分の外見を気にする必要がなくなり、ようやくふつうに顔をあげられるようになったくらい自分に自信がなかったのだから。

「何でダメだなんて決めつける。彫刻家のオレが言うんだ、信じろ。ふわふわして、優しくて甘くて、そんな感覚をとどめておきたくて、おまえのいる空気ごとこの世に残したいって思わせるような、そんな魅力があるんだ」

本当に外国人は誉めるのが上手だ。母もこんなふうにイタリア人留学生に言われたことがあって本気になってしまったのだろうか。

「故郷を離れ、遠くにきているのに、オレ、なんかおまえといるとこの国にも馴染めるっていうか、おちつくっていうか、和《なご》んでくるんだよ」

過度な誉め言葉でもそんなふうに言われてうれしくないわけがなく、頬がどんどん火照《ほて》ってきて困ってしまった。

ありがとう、モデルになる自信はないけど、君の言葉はうれしいよ……と軽くかわせず、どう返答していいかわからない自分が恥ずかしくてたまらなかった。

「そんなお世辞……言わなくてもいいよ」

きっと頬が信じられないほど赤くなっているに違いない。それを見られたくなくて蒼史は視線を落としてうつむいた。

「心外だ。オレはお世辞なんて口にしない。思ったとおりのことしか言わない」

カレルは少し傷ついたような声をしていた。

「ごめん、おれ……ただ……」

「ただ?」

「なんでもない……なんかごめん……変で」

自分が支離滅裂な反応をしているようで恥ずかしさが加速していった。なんでこんなに緊張しているのだろう。自分と同性の、外国人相手に。

トクントクン……という心臓の音を一瞬遅れて追いかけるように、あとからあとからこみあげてくるものがある。切なかったり淋しかったり狂おしかったり、自分の内側が妙におちつかない感情に揺れているのを感じた。

あとから考えると、この時から自分はカレルに強く惹かれ始めたのだ。


それから日曜ごとのカレルの工房通いが始まった。

くるくると轆轤《ろくろ》をまわす仕草を見ているだけで、窓から射してくる優しい春の光の雫《しずく》がきらきらと胸に流れ落ちてくるような気持ちになり、会うたび、自分の想いが大きく膨らんでいくのを感じていた。

毎週、日曜ごとの楽しい時間だった。工房のまわりが夕闇に包まれると、工房に備え付けられた小さな台所に立って二人でラーメンやうどんを作り、それぞれの国の文化について質問したりして話に花を咲かせた。

キャンパスでの彼はあいかわらず孤高の存在といった感じで、いつも一人、仏頂面で歩いていた。

フレンドリーな留学生が多いキャンパスで、彼はあきらかに異質な存在だ。

彼のまわりには他人をよせつけないような排他的な空気が漂い、日本人の学生はもちろん、他の留学生からも距離を置かれている。

確かにモデルのようにすらりとしたスタイルの良さや思わず見惚れてしまう怜悧な風貌は、ひときわ目立ち、人目を奪ってはいたが、彼自身に好んで誰かと親しくしようとしている様子はなかった。

無愛想で他人を近よらせないオーラを感じさせている彼だったが、二人で工房にいる時に、そんな冷淡さはまったくなく、とても熱心な芸術家の卵という印象しかなかった。

だが一方で、蒼史が他の留学生に囲まれて話をしていると、彼はふいに不機嫌な顔になり、その週末、工房にくると決まって同じようなことを口にするようになった。

「前から言ってるだろ。あんまり留学生に親切にするな。蒼史はたのまれると断れない性格をしているから、悪いやつらに利用されないか心配になるよ。電話代を立て替えたり、網戸の弁償をしたり、この間も帰国する留学生を関西《かんさい》空港までわざわざ車で送って、さらに飛行機に載せられなかった重量オーバーの荷物をあとで送ってやったりして。蒼史を見てると、バカをみてるみたいでイラっとするんだよ」

「いいよ、それくらい。おれは利用されているって思ったことないし、バカみてるって感じたこともないから」

そう言いながらも、心のどこかで、他人が自分のために誰かを怒ってくれること、自分を心配してくれること——それがけっこう心地のよいことだということを初めて知った。

しかもそれが自分のあこがれている相手からならなおさらだ。

「そういうとこ、本気でイラッとする。それがおまえの性分なのはわかってるけど、もうちょっと器用に生きろよ。おまえが損してると自分も損したみたいでムカつくんだ」

綺麗な口元を歪め、金色の髪をガシガシとかきながら言うカレルの気持ちがうれしかった。あきれられ、怒られているのに、どうしたんだろう、鼻の奥がツンとなって涙が出てきそうなほど胸の底があたたかく感じられた。

「ありがとう……カレル」

気がついたら目を細めてにこっと笑っていた。そんな自分にカレルはさらに苛立った様子でチッと舌打ちする。

「…考えれば、オレにだってそうだし。こんないい工房を貸してくれて、陶芸のやり方も丁寧に教えてくれて、焼くのも手伝ってくれて。日曜ごとにオレにつきあってくれてるけど、本当は他にしたいことだってあるんじゃないのか。オレには気を使わなくていいから、正直にしたいことを言えよ」

「それは……おれが楽しいから。別に日曜なんてすることないし、おれ……他にしたいことなんてなくて、ただカレルといたくて……カレルといるの……すごく楽しいから」

とっさに出てきた言葉に、一瞬、カレルは目を見開いたあと、わずかに視線をそらし、ふっと口元を歪《ゆが》めて笑った。

しまった、余計なことを言った。これでは好きだと告白したようなものだ、なんてバカなことを言ったんだろう……と後悔が荒波のように胸のなかで渦巻いた。しかし次の瞬間、いきなりカレルに肩を摑まれ、彼の胸に引きよせられ、今度は驚きの嵐が鼓動を早打ちさせた。

「わかった。もういい、もう何も言わない」

包みこむように抱きかかえられ、頭が真っ白になって身体が硬くなる。小学生でも、好きな相手にもう少しまともな態度がとれるのではないかと思うほどかちこちになっていた。

「カレル……」

上目遣いで見あげると、カレルはふっと目を細めて微笑する。

「おまえが楽しいならそれでいい。義務とか親切じゃなくて、オレと一緒にいたいと思ってくれるのなら」

思わず見惚れてしまいそうな明るい笑みにさらに高鳴る鼓動の音を聞かれまいと、蒼史はうつむき、必死に息を殺して緊張を解くことに必死だった。もしかして、彼も同じ気持ちでいてくれているのだろうか。

いや、そんなわけはない。たとえば彼がゲイだとしても、これまで異性とすらまともにつきあったことがなく、これといった取り柄のない自分など相手にされるはずはないのだから。

きっとこれはただの友情の延長。西洋人はこういうふうにするのがふつうなのだろう。他の留学生だって、日本人よりよほど喜怒哀楽がはっきりしていて、時々、びっくりするようなスキンシップをよくしている。

ああでもないこうでもないと、いろんな考えが嵐のように心の中を吹き荒れていたが、しばらくして自分の背を抱いている彼の大きな手のぬくもりの不思議な感触や、そっと額にキスしてきた彼の吐息に全身がふわりとあたたかな空気に包まれる気がして脈拍はおちついていった。

そして代わりに彼の鼓動が身体越しに伝わってきた。

他人の心音というのはものすごく心地よいものだと初めて知った。とても優しく、静かな波打ち際というのはこういう感じなのだろうか、そんなふうに感じながら。

単なる好意か友情か、恋情か。ただのスキンシップか。彼の気持ちがなんなのかわからなかったが、二人でいるだけで蒼史自身はとても幸せで、毎日が明るく感じられた。

——いっそこのままわからないでいるほうがいい。彼が留学している間仲よくしてくれているだけでもいい。

いずれ母国に帰ってしまう人を本気で好きになっても切ないだけだから。そもそも自分たちは同性だし、淡いときめきを感じているこんな関係のままがいいのかもしれない。

蒼史がそう思い、ともすれば燃えあがりそうな恋心を抑え、のめりこんでしまいそうになる自分を戒めるのには理由があった。

それは蒼史の生い立ちにまつわる。祖父は伝統工芸保護の活動が認められ、叙勲を受けたことのある著名な陶芸家で、そのひとり娘である母親も人気のある陶芸家、親族にも昔ながらの工芸の世界で生きる者が多い。

祖父は京都の神社仏閣とも通じ、昔から政治家ともつながりがあり、京都ならではの因習の深い人間関係にどっぷりと浸かった家だった。

そんななか、父親がゆきずりの留学生である蒼史は『生まれてきてはいけない子供』というほどではなかったにしろ『できれば生まれてこないで欲しかった子供』、あるいは『生まれてきては困る子供』だったらしい。

蒼史をどこかに養子に出し、母を誰かと結婚させようという話も出たそうだ。

けれど留学生に捨てられたあと、精神を病んで入退院をくり返すようになった母にとって息子の存在は心のよりどころであり、必要不可欠なものだったため、結局、祖父母は蒼史を手放すことができなかった。

『蒼史、おまえがいないと、お母さん、自殺すると言うんや。おまえが生きがいみたいや。お母さんはおまえがそばにいるから元気になって、陶芸をまたやろうという気持ちにもなるらしい。これから先、お母さんを支えるのがおまえの人生なんや。ええな？』

祖父から何度も言われてきた言葉。わかっている。

目立たず、自己主張せず、母を守っていくことが自分の人生だ。静かにおだやかに過ごしているうちに、きっと母の心の病がよくなる日がくる。そう信じて今日まで過ごしてきた。

だからカレルにどんなに惹かれても、のめりこまないようにしよう。こんなふうに好きな人と一緒に工房で過ごす時間がもてることも、蒼史にとっては奇跡のようなものだ。

そう思っていたのに、それから少し経ったうるさいほど蟬《せみ》が鳴いていた夏の夕刻、二人は深い仲になった。

あれは　彼がロクロをまわしていた時だった……。

真剣な眼差しでロクロの上の土を見つめ、細く長い指で優しく土に触れている姿を見ていると、彼に髪を梳《す》きあげられ、頰や額に触れられた時のことを思い出し、肌の下にじんわりと熱がこもるような気がした。

そんなふうに感じていたので、うっかり熱っぽい視線でカレルを見ていたのかもしれない。

成形する力加減がわからないというカレルに、コツを教えようとそばに座って手を伸ばした時、ふいに背中から抱きこまれた。

「オレのこと、好き?」

心臓が跳ねあがり、とっさに顔を背けて離れようとした蒼史の身体をカレルはさらにぎゅっと抱きしめてきた。

「ごめ……おれ…あの…」

どうしていいかわからず、うつむき、蒼史は唇をわななかせた。好きだけど……好きだなんて言えない。言ってしまったら、気持ちに歯止めが利かなくなりそうで怖かった。

「おまえにキスしたい」

後ろから耳朶《じだ》を咬《か》まれたかと思うと、そのまま顎をつかまれ顔のむきを変えさせられ、唇を奪われていた。

「……っ」

一瞬、驚いて目を見開いたものの、熱っぽく、すりあわせるように唇を啄《ついば》まれているうちに、そうすることが自然なことのように目蓋を閉じ、蒼史はカレルの動きに従った。

──カレル……。

唇がゆっくりと押し包まれ、彼の舌が歯列を割って口内に挿《はい》りこんでくる。緊張で強ばっていた口内にするりと滑りこみ、蒼史の舌に巻きつけられていく。けれど最初のうちは何をされているのかよくわからなかった。

「ん……っ」

だが、愛しそうに掌で両頬を包みこみ、顔の角度を変えながら蒼史の舌をやわらかく吸う彼の仕草に、ああ、これがキスなんだと実感し、ドキドキしながら固く目を瞑り続けた。

「おまえのこと……抱いていい？」

唇が離れると、カレルが耳元で囁いてきた。その言葉が何を意味するのか、さすがに察しがついた。カレルはしたがっている、自分とここで……と認識した途端、心臓が破裂しそうなほど高鳴った。そんな緊張とは裏腹に、蒼史は静かにうなずいていた。してみたかった。同性でもいい。ゆきずりでも、かりそめでも。

「うん……いいよ」

それでもやはり胸の底は恐怖と不安に揺れていた。女性とキスもしたことのない自分がいきなり同性とキスし、そのまま身体を重ねることができるのだろうか。大胆すぎやしないだろうか。しかも相手は一年間限定で日本に来た留学生で、数カ月後には帰国してしまう相手だ。

——でも……だからこそカレルがしたいこと……なんでもしてほしい。

恥ずかしさも怖さも不安もあった。しかしそれを凌駕《りょうが》するだけの熱い焔《ほのお》のようなものが蒼史の胸で燃えあがっていた。

そんなことをしたら、たぶん、もっとカレルのことを好きになって、後で必ずやってくる別れの淋しさが募るだけだとわかっていても、

「蒼史……」

彼の手が静かに身体に触れてくる。桜の木の下でこの髪を撫で、頬に触れた長い指が、ロクロの前で土に生命を吹きこんでいたなめらかな指が、今、こうして自分に触れているのだと思うと、全身がむず痒い甘さに包まれ、ためらいや羞恥、恐れが少しずつ消えていったのだ。

「初めて？」

耳元で問いかけられ、心臓がドクドクと大きな音を立てた。なんと答えていいのかわからず、ただ目を瞑ってじっとしていることしかできない。

「ごめん……おれ……どうしていいかわからなくて」

かろうじて小さな震える声で告げると、カレルはふっと優しく微笑した。彼の形のいい手に抱きしめられるように頭を抱えられ、額やこめかみに音を立ててキスされていく。外国人には当たり前のことでも、こうしたキスだけでひどく緊張し、蒼史の吐息は震えてしまう。

「安心しろ、優しくする」

彼の声が鼓膜に溶けこんだあとは、自分がどうなってしまったのか、今、何をしているのかさえわからないまま、その背にしがみつき、蒼史はカレルから送りこまれる熱に熔《と》けたように甘美な感覚の底に堕ちていった。

それからカレルとは何度か身体を重ねた。日曜ごとにそうすることが当然のように、夕刻まで作業し、夜、日が暮れたあと、明かりをつけないで工房で二人で睦みあう時間。

彼にとって自分は留学先での一時的な相手。かつての母と同じことをしている。しかも自分の相手は同性だ。不安と後悔と情けなさと淋しさがぐるぐると胸のなかに渦巻いていたが、それよりもこの人に触れていたい。せめて、この人が日本にいる間だけでもそばにいたいという思いのほうが勝っていた。

ほんのひとときでも好きな相手と一緒にいられるなんて幸せだからと思う一方で、祖父や母にばれたらどうしようという後ろめたさもあった。

祖父は、母と同じように留学生に遊ばれていると思って嘆くだろうか。もうカレルには工房を貸さないと言われるだろうか。その時は、自分が好奇心から彼を誘ったと説明して、もうしないと平謝りに謝ろうと決めていた。だが祖父が二人の関係に気づくことはなかった。

もともと祖父は蒼史に対して愛情はもっていない。

母の息子ということでそばに置いているだけで、彼女に忠実に仕え、世話している姿に信頼をよせ、少しずつ孫として認めてくれるようになっていったに過ぎない。祖父からすれば、愛する娘を捨てた男の血を引いている忌まわしさもあるので、蒼史自身にはまったく関心をもっていないのだ。

それよりもカレルとの関係で蒼史に少し変化があったのか、入院中の母がいち早くそのことに気づいた。

「蒼ちゃん、なんか感じ変わった？」

見舞いに行き、オープンルームで一緒に画集を見ていると、母がふと思いついたように問いかけてきた。

「変わったって？」

「なんとなく。なんや前より大人っぽくなったみたいやなぁ。幸せそう」

それ以上のことは言ってこなかったが、やはり何か思うところがあったのだろう、次の日から、母は早く退院したいと駄々をこねるようになり、蒼史は、彼女をなだめるため、それまで以上に熱心に病院に通うようになった。

もし母が蒼史とカレルのことを知ったら、絶対に許さないと言って騒ぐだろう。だけど日曜ごとのカレルとの時間を失いたくはなかった。

カレルはもう少し日本にいたいからと、もともとの予定よりも三カ月だけ留学期間を伸ばしたものの、ビザや法的な問題もあり、十一月には帰国しなければならない。

日曜ごとの逢瀬もその時には終わる。だからそれまでは、どんなに後ろめたくても、母に申しわけないと思いながらも、カレルと少しでも多く長く一緒に過ごしたかった。

しかし残された時間はあっという間に過ぎていった。

カレルの帰国まで一カ月という頃、工房で会うだけでなく、時間を惜しむように二人で京都の神社仏閣を巡り、鴨川を散歩し……と、蒼史はできるだけ彼と過ごすようにした。

そんなある時、二人で東山七条《しちじょう》にある三十三間堂に行った。正式には蓮華王院《れんげおういん》という、天台宗《てんだいしゅう》のその寺は、千体の千手観音像《せんじゅかんのん》があることで名高い。

千手観音の坐像の他、黄金色をした千体の千手観音の立像がずらりと立ち並んでいる姿は圧巻だ。この千体の観音はさまざまな表情をしていて、その中に必ず会いたい人の顔があると言われている。

華のある聡明な仏像は、カレルのような欧米の芸術家には、日本人のこちらが想像する以上に、神秘的で、冒しがたい芸術作品に見えるらしい。仏像を見ている彼の目は鋭い光を放ち、うかつに声がかけられないほど真剣だった。楽しそうに蒼史に質問しながら陶芸をしている時とは違う――プロの彫刻家としての眼差しがそこにあるように感じられた。

「……やっぱりわからない」

しばらくじっと見つめたあと、カレルが苦い顔でぽつりと呟いた。

わからないというのは日本の美だろうか。押し殺した色彩、くすんだ陰影の儚《はかな》さ、はっきりとしない無表情にも見える観音の相貌など、日本特有の美意識をどう捉えたらいいのか理解できないという西洋からの留学生もたまにいる。けれどカレルの疑問は違った。

「空《くう》っていう概念。日本の仏教のなかにある空の概念がよくわからない」

「そうか、無、空、虚空……西洋にはそういう考えがないから」

「ああ。でも……この千手観音の手が意味しているものはすばらしいと思う。キリスト教の愛と、仏教の慈悲の違いがそこにあるような気がする」

手の意味。千手観音はその一千の手を使って、あらゆる人々——一切衆生を救うといわれているものだ。

「この仏像を創った彫刻家は、すべての人間が幸せになることを願って彫ったんだろうな。そういう気持ちが慈悲ってものなのだと思うけど、間違ってる？」

どう答えていいかわからなかった。

ただ彼はそうしたことを常に考え、意識しながら創作をしている人間なのだということがわかり、己の無知さを恥ずかしく思った。

——すごいな、年下なのに。自分は日本人で、しかも日本語と日本文化を教えることができる日本語教師の資格試験にも合格している。それなのに、自国の文化についてカレルほど深く考えたことがない。

恥ずかしさと悔しさが胸のなかを交錯し、ああ、自分ももっと何かしたい、もっと彼みたいにいろんなことを考えたり、この手で何かを成し遂げてみたい。そんなふうに思った。

おだやかに、静かに母を守っていく人生。

それが自分の人生だと思っていたのに、カレルと出会ったことで、蒼史のなかに『そうではない何か』『もっと大きな何か』を求める気持ちが芽生え始めていた。

そして――その日は夕刻まで三十三間堂で仏像を眺《なが》めたあと、抹茶のソフトクリームを手に、二人で黄昏《たそがれ》に沈む鴨川の土手を歩いた。

「で、カレルは、将来どんな作品を創りたいんだ?」

いつか別れがきても、彼が創作活動をしているかぎり、自分は日本からでもその活躍を確かめることができる。それはそれで楽しいことだと思った。

「そうだな、オレはもう少し人間的な、等身大の自分の目に見える人間の姿を形にしてみたい。無機質な大理石という素材を使って、人間の歓びだったり、哀しみだったり、あるがままの『生』とか、躍動感に満ちた命の力みたいなものを。そして最後にたどり着く先が、人を幸せにするような感じのものだと、なおいいけど」

川風に綺麗な金色の髪を靡《なび》かせ、目を細めて夕陽を見ながらカレルが言った。

「それなら、おれにもわかる」

カレルの陶芸作品に触れた時、そういう世界に近いと思ったからこそ祖父に窯を貸してくれるように相談したのだ。

大学時代、日本語教師として日本文化を紹介するにはどうすればよいか、というようなテーマの小論文の提出があり、今、カレルと話していることと酷似した内容を書いたことがある。

自分は陶芸家の家に生まれながらも陶芸を創れるほどの才能はなく、それを形として表すとはできないけれど、日本文化には自然と一体になって生命を宿したものが多く、無情の土のなかに生命を発見するような陶芸、樹木の生命を活かしてさらなる生命を創り出すような木工彫刻……そうした日本文化のすばらしさを伝えることができたらうれしい……と。

その文を気に入った祖父が、後半の部分だけを抜粋し、今、大学のパンフレットの片隅に『大学の指針』として載せてくれているのだが、それがなんとなくカレルの考えと似ている気がする。こんなところに彼との共通点があるんだと思うと、なんだかじんときてしまった。

「……それで、蒼史はどうなんだ」

「どうって」

「陶芸やんないの？　あんなに上手なのに」

「だめだよ、母の手伝いをしておぼえた程度のもので、好きだけど、才能には恵まれていないし、もっぱら気のむくままに創っているだけだから」

苦笑した蒼史を冷ややかに見たあと、カレルは嘆息した。

「蒼史のところ、変わってる。祖父も母も有名な陶芸家。叔父さんとか従兄とか、親戚中、芸術の分野で活躍してるだろ。なのに蒼史は趣味の範囲でやっていて、日本語教師もボランティアで、結局は、お祖父さんの大学の契約職員って……」

「それはおれに才能がないから、陶芸の道には進まないほうがいいって祖父が」

「なら、日本語講座の正式な講師として雇ってもらえばいいのに。大学の理事の孫なのに、おまえって、けっこう粗雑な扱いされてない？」

どきっとした。決して楽しい話題とはいえない家庭の事情を彼には知られたくなく、蒼史は笑みを作ってごまかすように言った。

「それは、おれがその程度の人間だから。日本文化を教えられるようになろうと思って教師の資格をとったけど、それもまだ始めたばかりで経験も浅いし、今はただ学生課で契約社員として働くくらいの実力しかなくて」

蒼史の説明を聞きながら、カレルは忌々《いまいま》しそうに舌打ちした。

怒らせただろうかと不安になって見あげると、アズライト色の双眸がほの昏《ぐら》い光をたたえて自分を捉えていた。その目に凝視されると、鋭利な刃物に身体を突き刺されているように感じて怖くなった。

「残念だな、蒼史のそうやってすぐにあきらめるところ」

「残念？」

「いっぱいいいものもっているのに、最初から蒼史は太陽の光に背をむけて、影になったところから出てこようとしない」

「……っ」

　蒼史は言葉に詰まり、カレルから視線をそらした。

「おまえは最初から自分はダメだって決めつけてる。日本語の教え方も上手だって留学生の間で人気だし、陶芸だってすごくいいもの創るじゃないか」

「陶芸は本当に趣味なんだ。なんでかわからないけど、綺麗な形のものを残すのが好きで。でも本格的な勉強はしてないし、ただの下手の横好きなだけで。日本語教師もそう、まだなんの経験もなくて…」

「そういうことを言ってるんじゃない。初めからあきらめていることを指摘してるんだ。おまえにはどっちの道にも可能性があるじゃないか。明るい未来を開くことができるだけの、いいものを内側にもっている。留学先をおまえのところの大学に決めたのは、おまえの書いた文章に惹かれたからなのに、おまえがそれでは困る」

「……おれの？」

　一瞬、その言葉の意味がわからず、蒼史は小首をかしげた。

「大学のパンフレット、書いたの、おまえだろ」

「あ……」

「どこに留学するか思案していた時にあれを発見した。自分と同じ考えの人間がいる、自分がこうありたいと思うことが書かれていた。あの時、この大学に行こうと決めたんだ。おまえの祖父の名で記されていたけど、オレにはわかる、あれを書いたのはおまえだ」

「カレル……」

「なんで自分を殺すような偽りの毎日を過ごしているんだ」

「──偽り」

その言葉がズンと重く胸に落ちてきた。指の先から体温が急速になくなっていくような錯覚といえばいいのか。身体の奥の奥のほうが冬の京都のように底冷えしていく。

「おまえは自分という人格を殺しながら生きている。生きていながら生きていない。オレの目にはそう見える」

本当は心のどこかで気づいていた。けれどさすがに彼から言われるとこたえてしまう。

「蒼史、本当はもう限界なんだろ、そんなふうに自分を殺しているのが辛いんだろ。理由はわかんないけど、蒼史のそばにいると、オレには解放されたがっている蒼史の心の叫び声のようなものがガンガン伝わってくる。違うか？」

何も返すことができなかった。

自分ですら漠然として、はっきりと意識していなかった本音。きっと彼の言うことが真実なのだろう。自分は自由を求めていたのかもしれない。だからカレルを好きになった。自分というものをしっかりともち、迷うことなくまっすぐに進んでいる人だったから。

そのことに改めて気づいた。と同時に、ああ、この人は何も話さなくても、こちらから伝わる空気だけでそういうものを見抜き、言葉にできてしまう人なんだと思った。

あきらめている。偽り。その言葉は蒼史にとって啓示のように響いた。確かにカレルの言うとおり、自分は最初から何もかもあきらめていた。

陶芸家として名高い祖父から『おまえはむいていない』と言われ、陶芸の道をあきらめ、日本語教師の資格をとって大学職員になった。けれど未練がなかったわけではない。

祖父や母のようになれなくとも、何か形になるものを創りたいと願っていた。それはあたたかな家庭であったり、優しい家族のぬくもりだったり、自分自身だったり……そうしたものをもたない自分のなかに、何かひとつでも確かなもの、はっきりとこの手で摑むことができるものがあればいいのにという祈りにも似た気持ちだった。

今、自分の手の中にある『形』。それはカレルのくれた湯飲み。その湯飲みと同じくらい愛しくなるものを自分でも創ってみようか。

——カレルが帰国したあと、もう一度、ちゃんと考えてみよう。

あきらめない。偽りではないもの、しっかりと形になるものを創り出していく。それを目標にしよう。そんなふうに思った。

カレルとのことは、たとえ一時的な関係であったとしても、好きになってよかったと思えるようにしたい。だからこそ、彼といた時間、彼を好きになった事実が無駄にならないよう、そのことをまじめに考えてみようと決意した。

三十三間堂に行った翌日、カレルに自分の決意を告げた。

「カレル、おれ、君の言うとおり、自分を殺すことをやめようと思う」

「蒼史……」

「まだ若いんだし、陶芸も日本語教師もどっちも一生懸命やってみようと思う。ちゃんと外国で日本語の先生ができるくらいになりたいんだ。そして陶芸をはじめ、日本の文化を世界の人々に伝えられるようになりたい、もちろん、自分でも何かしっかりとした作品を残せるようになりたいと思うようになった。君のおかげだよ」

笑顔でそう告げると、彼は何も言わず、うんとうなずいて蒼史の身体を強く抱きしめた。

このぬくもり。優しい心音。そして愛しそうに髪をかきあげる指の感触、当たり前の癖のように額やこめかみに落ちてくる甘いキス。

それらが一カ月後にはなくなってしまうのだと思うと、理性とは別の感情の部分が淋しさに喘いだ。切なくて泣きだしそうになったけれど、このぬくもりと彼の言葉を、励ましをその後の人生の糧にしていこうと己を鼓舞した。

最初から、彼は一年間だけの留学生だとわかっていて好きになった。いつか必ず別れがくる、本気になったら辛いとわかっていた。

でも大丈夫だ。母のように自分は彼に捨てられるのではない。もともと割り切ってつきあっているのだから別れの時が来ても取り乱したりしない。それよりも彼と過ごした日々を無駄にしないことで、恋をしてよかったと思えるようにしたい。何度も何度もそう己に言い聞かせ、彼の帰国日が近づくことへの淋しさに必死に耐えた。

そして彼がいよいよ来週には帰国するという日、二人の関係に変化が起きた。

——二人で過ごすのは今日で最後かもしれない。

その日もまた簡素な藍色《あいいろ》の作務衣《さむえ》を着けたカレルは、工房の窓辺に座り、真剣な表情で焼きあがったばかりの陶器にむきあっていた。

「……もうこんな時間か」

窓から射す夕陽に目を細め、カレルは金色の前髪を無造作にかきあげた。そばでロクロをまわしていた蒼史は釣られたように動きを止めた。

「もう?」

すっかり薄暗くなってしまった室内とは対照的に、窓の外は工房をとり囲む木々が焔のように赤く染まっている。

「明かり、つけようか?」

蒼史は手ぬぐいで指についた土を拭いた。

「いや、いい。このほうが外の風景が綺麗に見えるから。京都はプラハに似て、空気が黄金色に耀いている」

カレルは窓辺に手をかけ、夕陽に染まった京都の街並みをじっと見下ろした。

彼の好きなこの夕景——高い建物がほとんどない古都の町が影絵のように夕闇に沈む一瞬だけ、故郷のプラハと酷似して見えるらしい。

「今日でこの風景も見おさめだな」

その言葉にずきんと胸の奥を痛みが襲った。一週間後、彼は帰国する。すでに荷造りもほぼ終え、これからは、まだ見ていない金沢《かなざわ》や奈良《なら》を訪ねるつもりらしい。大学の仕事があるため、蒼史はそれに同行できないのが残念だった。

「……カレル、この花瓶、色つけ、しないの?」

テーブルに置かれた細長い花瓶に視線をむけ、蒼史はぽつりと問いかけた。それはさっきまでカレルが制作していたものだ。

「いや、無地のままで。白磁が映えるようにと思って、鳳凰《ほうおう》の彫刻をしたから」

花瓶には鳳凰が浮き彫りにされている。美しく繊細なフォルムと土のあたたかさが共存することによって生まれる、瑞々しい生命の息吹と躍動感。それらがカレルの作品の特徴だろう。

ここには祖父や母の花瓶や茶碗、皿なども並べられているが、カレルの制作した未完成の花瓶がひときわ耀いて見える。半年ほどここに通っただけなのに、今ではプロといっても通じるほどの技術を身につけてしまった。

――彼は……やはり祖父の言うように後世に名を残す芸術家になるんだろうな。

陶芸は基本的なことを手ほどきしただけだ。それなのにこの出来映えはすごい。専門の彫刻で、彼はどんな芸術作品を創るのだろう。

――それを……この目で見られたら。

ふとよぎった思念を胸にしまいこみ、蒼史は窓辺に近づいた。

「カレル……毛先に磁土がついてるよ」

金色の絹糸のような襟足の毛先に指を伸ばすと、カレルが眉根をよせる。

「土……？　ああ、今日は、一日中、ロクロをまわしていたから」

前髪のすきまからのぞいた濃紺色の双眸に心臓がとくんと高鳴る。瞬きもせず、ジッと見つめるのは彼の癖だ。その官能的な視線に捉えられただけで肌がざわめく。たまらなくなって顔をそむけたが、なおも頬に眼差しを感じ、息が詰まった。

「……いいか？」

きゅっと指先を摑まれ、蒼史は息を詰めた。

「……っ……カレル」

今日でここが見おさめということは、彼が工房で過ごすのもこれが最後ということになる。

身体をつないだあとに、サヨナラを言われるのかもしれない。そう思うと、少しでもその時間を引き延ばしたくて、蒼史は彼の襟足に手を伸ばし、わざと明るい声で言った。

「…だめじゃないか、カレル。また土が。首も顎もあちこち汚れて」

「拭いて」

カレルが首をかたむけ、甘えたような目で見あげてきた。こういう仕草を見ただけで、これまで過ごしてきた甘美な日々を思い出して別れが辛くなってしまう。

蒼史はなめらかに尖った顎に指を伸ばした。

「じっとして」

整った頬の稜線をたどり、唇にうっすらとついた汚れをとろうと指を近づけた時。

手首を摑まれ、引きよせられた。カレルの舌に親指のつけ根をぺろりと舐められる。

ぴくっ、と蒼史は動きを止めた。

「カレル……っ！」

そのすきにカレルは唇の間に、親指の先をゆっくり咥《くわ》えこんでいく。きゅっと唇で挟みこまれ、甘咬みされながら舌を絡められる。なまあたたかで、やわらかな感触に総毛立ち、躰の奥の埋《うず》み火がふっと燃え始めるのを感じた。

「……んっ」

舌先に巻きこまれながら、口内の粘膜で圧迫される奇妙な愛撫はなめらかで優しい。

けれどひどく淫靡《いんび》な刺激に蒼史の鼓動は激しく脈打つ。自分の指からすべての体温を奪いとられるような感覚に汗ばみそうになる。

下肢をつなげた時以上の熱が躰の中心に溜まってもどかしい。

「……ふ……っ」

たまらず、やるせない吐息が漏れる。

「……感じた？」

探るように見あげられ、蒼史はあわてて視線をずらす。

「座って」

ぐいと腰を引きつけられ、蒼史は窓辺に座る彼の膝にまたがるように座らされた。

「カレル……」

彼の唇が近づき、息が触れあいそうな距離に蒼史は肌を震わせた。唇が重なる寸前で動きを止め、カレルはかすれた声で囁く。

「プラハにこないか」

え……と、驚いたこちらの息を吸いとるようにカレルは下唇を啄んできた。

「前に言っただろ、おまえをモデルに彫像を創ってみたいと。むこうにこいよ。おまえの生活くらい、オレが面倒をみてやるから」

「モデルなんてとんでもない。だいいち……君にとっておれは留学中の……」

「遊びの相手だと思っていたのか？」

「そうじゃ……ないけど」

「蒼史……」

カレルの手に後頭部を包まれ、耳朶や頬に唇をすりつけられていく。甘い優しさに息が乱れ、鼓動がますます速くなる。

「おまえを創りたい。このなめらかな肌の下にある激しさや熱い生命力を形にしたい」

狂おしげに囁かれ、泣きたくなった。彼の気持ちがすごくうれしい。それが彫刻家としての造形的な興味、素材への好奇心であっても、こんなに狂おしく求めてくれる人は他にいない。

けれど。

「カレル…君も言ったじゃないか、おれは生きながら生きていないって」

蒼史は彼の肩を押し返して、うつむいた。半分はイタリアの血が流れている容姿。風貌を目立たせないために空気のような存在であろうと心がけるあまり、自分の意見を表に出すことが苦手になった。

カレルと三十三間堂に行った時から、あきらめばかりの人生を送るのはやめよう、前をむいていこう——という気持ちになったばかりで、まだ具体的な何かを成し遂げるほどの変化があったわけではない。こんな自分に熱さや激しさなどあるはずがない。

「おれも前をむいて進んでいこうとは思っている。でも本質はきわめて平凡で、おとなしい人間だ。君の言うようなものはもっていない。モデルなんて無理だ」

「いや、おまえは狂暴な焔のようなものを内に秘めている。やわらかな甘い光と熱い焔。両方もっているんだ、おまえは。そうでなければ、こんなに創作意欲をかきたてられるわけがない」

「バカな…おれのこと何も知らないくせに」

「ああ、まだ一年分しか知らない。だからもっともっと知りたい」

カレルは優雅に笑った。

「正式な依頼だ。モデルになってくれ」

「無理……おれは大学の職員だし、日本語教師の仕事だってろくに……」

「退職しろ。日本語教師、プラハでやってみろよ。今、アニメのブームで、日本語講座、盛んなんだ。オレの通っていた語学学校を紹介してやるから。陶芸だって、もっとやってみたいんだろ。チェコにも窯はあるし、マイセンの土を使って、おまえも何か創ればいい」

迷っている蒼史の心に気づいたのか、カレルはこれ以上ないほどの艶笑をうかべた。

「こいよ、前むきに生きたいと言ってたじゃないか。一から二人で築いていこう。オレの生まれた街プラハで。あそこで二人で暮らそう。これまでみたいにずっと二人一緒に」

彼の言葉は挫折《ざせつ》を知らない傲慢な人間特有のものだ。

激しい嵐のような勢いで無遠慮にこちらの心をかき乱す。

だけど……自分は、心のどこかでその嵐に巻きこまれたいと思っている。カレルの手をとって、ここではない別の世界で生きてみたい、もうあきらめたくない、と。

——……たぶん……。

解放されたいのだ。この因習の深い家、そして母の呪縛から。

小さい頃は過保護な母の言動を愛情過多で心配性なのだと思っていた。

修学旅行や林間合宿、キャンプなど、外泊の前の夜になると母の具合が悪くなり、結局、何一つ参加できなかった。留学生に捨てられた母の喪失感は、年を経るごとに息子への異常な執着と変化し、精神の均衡を崩して入退院をくり返していた。

高校三年生の時、日本語教師の育成講座で名高い東京の大学を進学したいと言ったが猛反対された。絶対にダメと泣き喚《わめ》いた母に受験票を燃やされたうえに、祖父にも引き止められた蒼史は母の側にいようと京都の大学に進学した。

その後も母の行動はエスカレートするばかりで、女子学生からの電話は無断で切られ、ゼミの合宿も行けず、海外への日本語教育実習も行くことができなかった。

さすがに祖父が見かねて母を少し遠くにある郊外の専門病院に長期で入院させることにしたおかげで、蒼史はようやく平穏な日常を過ごすようになった。

そんな状態だったが、母のことは大好きだ。とても大切な存在だ。この世でたったひとり、自分を愛してくれる肉親だから——。

——おれがもしプラハに行ったら母はどうなるんだろう。

それを思うと、カレルについていくことはできない。

その一方で、あきらめたくないという気持ちが胸のなかで大きくなっていく。

もっともっといろんなことに挑戦したい。カレルと二人で未来を見つめていけたら。

自分も幸せになりたい。なんの憂いもない生活をしてみたい。

「蒼史、外国で教師をして、日本文化を伝えられるようになりたいと言ってた言葉は嘘なのか。オレのそばで挑戦してみろよ。プラハは世界一美しい街だ。空気も水も何もかもが透明で美しく、純度が高い。そこでおまえを創ってみたい」

彼の言葉に引きずられそうになっている。世界一美しい街。そこで彼と暮らし、前をむいて歩いていけたらどれだけ幸せだろう。夢のようだ。

「本当に……本当に行っていいの？」

思わず問いかけていた。こんな質問をしてどうなるものでもないのに。

「きてほしいから言ってる。おまえが必要なんだ」

「……っ」

熱いものがこみあげてきて言葉が続かない。必要……彼が自分を必要としている。その言葉が自分の前にある新しい扉を開き、光を降り注いでくれるように感じた。

「くるな？」

アズライト色の美しい眸が、うつむいた蒼史の横顔を舐めるように凝視する。強い眼差しに魂ごと鷲摑みにされる錯覚をおぼえ、蒼史はうなずいていた。

「うん」

その瞬間、カレルの唇が熱っぽく押しつけられてきた。胸をまさぐられ、ゆっくりと床に押し倒されていく。

「……君が好きだ。カレル……君についていく……」

二人の体熱が溶けあうのを感じながら、自分が魂ごと嵐に呑みこまれていくように感じた。

もうあとには引けない。自分は自由を求めてカレルについていく。

そう決意しながら、蒼史は、恋しい相手の、たくましい背に腕をまわしていた。

幸せだった、初めて知る身も心も満たされた浄福の刻《とき》に蒼史は酔いしれた。

しかしその夜、事件が起きた。自分とカレルの未来を変える出来事が——。

2　美しき亡骸《なきがら》

地下鉄のシートに座っているうちにうとうとし、半分夢を見ているような感覚を抱いていた。初めての外国旅行。しかも単独できているというのに地下鉄で居眠りしそうになるとは、我ながらなんて気楽な性格をしているのだろう。

きっと時差ボケのせいだ。長時間のフライトの疲れが身体に残っていたが、蒼史はホテルにチェックインせずに、空港からそのまま目的の場所へむかっている。そのせいか、なかなか治らない肩こりのような倦怠感をおぼえている。

今にも閉じてしまいそうな目蓋を開き、蒼史はチェコの人々が乗り降りする様子をぼんやり眺めた。

地下鉄は路線ごとにそれぞれ赤、黄、緑のテーマカラーがあり、蒼史が乗ったモダンな内装をした地下鉄の車内は、赤い手すりがとてもスタイリッシュな印象だった。それに駅ごとにホームの意匠が違っていて楽しい。

そんなことを考えているうちに目指す駅の名のアナウンスが流れ、蒼史は慌ててホームに降りた。

「わっ」

地上に出ると、突然、凍てついた風がぴしゃりと頬を叩く。なんて乾いた冷たい風なんだろう。マフラーを巻きなおし、ニット帽をしっかりと耳の下までかぶせると、蒼史は目の前に広がる石畳の道を進んだ。

東ヨーロッパ、チェコの首都プラハ――。

――ついにきてしまった。あの時、くることができなかったカレルの故郷に。

百塔の街、芸術の都と謳《うた》われるこの街は、今も中世の頃と変わらない姿を残している。赤茶けた屋根やアイボリー色の建物といった目に優しい色彩で統一された街並み。どことなくユーモラスな道路標識や看板は見ているだけで心が和み、じんわりと目頭が熱くなってくる。

初めてきた街なのに、奇妙なほど懐かしく感じた。以前にきたことがあるようなノスタルジックな感覚に囚《とら》われてしまうのは、街全体にふわっと淡いセピアがかかったような独特の空気が漂っているせいだろうか。それともカレルからくり返し話を聞いていたせいか、あるいはこれまでに何度も写真を眺めて記憶に残っているせいか。

真後ろには国立のマリオネット劇場。扉の上に飾られた道化師の人形を見ていると、思わずほほえみたくなる。

目の前にゆったりと流れているのはモルダウ川だ。ボヘミアを流れる川というような歌詞の歌があったようなそうでなかったような。広々とした穏やかな川面が朝日を浴びて銀色にきらめき、靄《もや》のむこうには、中世の俤《おもかげ》をそのまま宿したプラハ城のシルエットが見える。

——ここが彼の街……。

日本とはまったく違う場所。プラハにきたらきっと緊張と不安でいっぱいになると思っていたのに、不思議なほどおだやかな気持ちに包まれていた。

たぶん、これが自分にとっては最初で最後の海外旅行になるだろう。あとのことは、もうどうなってもいいやという妙な覚悟があるせいかもしれない。

ここにくることができてよかった。そんなふうに思いながら、蒼史は地図を手に、目的地にむかって歩き始めた。頭の中に最後に会った時の、彼の言葉がよみがえる。

『こいよ、オレと。オレの生まれた街プラハに。あそこで二人で暮らそう。これまでみたいにずっと二人一緒に』

四年前、そう言って彼が差しのべてきた手を、どうしても掴むことができなかった。彼のために何もかも捨てる勇気がなかったのだ。

カレルから一緒にきてほしいと言われた時は、どれほどうれしかったことか。一生分の幸運がやってきたと思うほど心がはずみ、目頭が熱くなった。

この街にきて——日本でいつもそうしていたように過ごす。一日中、二人でロクロをまわしたり、床にごろんと転がって抱きあって眠りについたり……そんな時間を過ごせればどんなに幸せだっただろうか。

けれど……彼を裏切ってしまった。出発の日、蒼史は待ちあわせの場所に行かなかったのだ。ただ『ごめん、おれは行けない』というメールを一方的に送っただけで。帰国したカレルからはなんの音沙汰《おとさた》もなかった。彼とは、それ以来、一度も連絡をとっていない。もちろん会うことも、言葉を交わしたこともない。メールも手紙も送らなかったし、彼からもこなかった。

「……っ」

あの時のことを思い出しただけで嗚咽がこみあげそうになり、蒼史は手で口元を押さえた。同時に左脚に残る古傷がひきつるように痛んだ。

身をひき裂かれるような想いであきらめた恋だった。

何度も眠れない夜を過ごし、心の痛みに耐え、忘れよう忘れようと己に言い聞かせ、二人で過ごした狂おしい時間への渇望、彼を裏切ってしまったことに対する罪悪感を必死に胸の奥深い部分にしまいこむ努力をしてきた。

この街にやってきたのも、自分から手放した恋を取り戻すためではない。

今年の夏、カレルは若手アーティストの登竜門《とうりゅうもん》と称されるパリの芸術祭でグランプリを受賞し、それを記念して、地元のこの街で個展が開かれることになった。

その記事を美術雑誌で読んだ蒼史はいてもたってもいられなくなって衝動的に飛行機の手配

をしてしまった。

彼の作品と彼が育った街をしっかりとこの目で見て、記憶に刻みつけたいという一念でやってきたにすぎない。

——きっと……カレルはとうにおれのことなんて忘れているだろうな。覚えていたとしても、あんなひどい別れ方をしたんだ……決してよくは思っていないはずだ。

大通りを過ぎ、地図をたよりに進むと、古い歴史地区の一画に着いた。かつての貴族の屋敷をギャラリーとしてリフォームした建物だった。

緑の蔦に覆われたおとぎ話に出てきそうな屋敷だ。古い飴色《あめいろ》の木製のドアには人形の飾り、黒い枠のついた窓には深紅の薔薇が飾られている。上階には、古い真鍮《しんちゅう》でできたレリーフや、マリオネットの飾りのついた時計。いったい、どんな人物がここに住んでいたのだろう。

「……すごい、こんなところが画廊になっているんだ」

ふらふらと扉に近づき、カレルの名が印刷された大きなポスターにそっと指を伸ばす。

カレル・バロシュ彫刻展——と記されたアルファベットを夢でも見ているような感覚で眺めた。

ここに彼の作品がある。そう思っただけで喜びと不安が同時に胸の奥で渦巻き始める。

頭を覆う黒いニット帽を頬まで引っぱりなおし、ちらりと横目で扉を見たその時、硝子戸のむこうの受け付けにいた金髪の女性と目が合った。赤い縁の眼鏡をかけた学生風の若い女性である。

「……っ」

立ちあがり、彼女がスッと中から扉を開く。

「どうぞ」

包みこむような優しい笑顔。それにふわりと暖房の効いたあたたかな空気が流れ出てきて、張りつめていた気持ちがやわらかく和むような気がした。

「……あ、あの……あ」

「遠慮せず、どうかお入りになってください」

「あ、は、はい」

蒼史はおずおずと中に入った。

建物のなかは、天然のハーブか何かだろうか、日本の家屋にはない不思議な匂いがして、ああ、異国にいるのだという実感がさらに増した。

入り口の横にあるのは売店だろうか、カウンターにはチェコのアニメや絵本、前衛的な写真、マリオネットのポスター等が並べられたスペースがある。それに北欧風のモダンな家具が置かれ、まるで絵本の中の世界にまぎれこんできたような、夢のなかにいるような心地がする。

きっとカレルとのことがなければ、かわいらしい置物やオシャレな家具、スタイリッシュな内装などに目を奪われ、興味の赴《おもむ》くまま店内をぐるぐると見まわしていたに違いない。

「あの……カレルさんはきてますか」

声がうわずり、奇妙な発音の言葉が出てくる。

この四年、せめてカレルの母国の言葉を知りたいと思い、テキストを買って独学でチェコ語の勉強をしてきたが、いざとなるとうまく話せないものだ。

「カレルさんなら初日にお見えになりましたが、それ以降はいらっしゃっていません」

その返事にホッとした。彼に会いたくない……と言えばウソになるが、やはり面とむかって会うだけの勇気はない。

「では、チケットを一枚ください」

英語版の小さなパンフレットを受け取り、三〇畳ほどの最初の展示室に進むと、平日の午前中だというのに細長いフロアは人々の熱気に包まれていた。

最初の展示室にはブロンズ像と大理石の彫刻が十数体ほど並べられ、それぞれを数人の客が囲んで眺めている。

そこにあったのはギリシャ神話や聖書をモチーフにした作品群だった。

パンフレットによると年代順に作品が展示されているらしい。つまりこの展示室にあるのは初期の作品ということになる。なかにはカレルが十代の時に手がけた像もあった。

その完成度を見れば、カレルが『早熟の天才』と称賛されてきたことも納得ができる。

――これがカレルの彫刻……。

なんて綺麗な彫刻だろう。

蒼史は吸いよせられるように最初の彫刻の前に立っていた。

自分に陶芸の才能がないことをわかっているからこそ、こうした芸術作品へのあこがれは強く、いつかじかにカレルの作品を見てみたいとずっと切望していた。

――これがカレルの彫刻……か。

息を詰め、蒼史は目の前に展示された大理石の巨大なレリーフをじっと見つめた。

現代的で哲学的な彫刻ではなく、どちらかというと古典的なモチーフを扱った作品が多い。けれど、彼が選びとった表情、仕草、ポーズに、カレル自身の体温や感情、瑞々しい感性が感じられ、見ているだけで胸がはずんでくる。

生き生きとした若さと生命力にあふれた作品を見ていると、彼と二人で三十三間堂に仏像を見に行った時のことを思い出す。

『等身大の自分の目に見える人間の姿を形にしてみたい。無機質な大理石という素材を使って、人間の歓びだったり、哀しみだったり、あるがままの『生』とか、躍動感に満ちた命の力みたいなものを』

まさにそこにあるのは、彼のポジティブな心がまっすぐ表現されているものばかりだった。

その次の部屋には、彼が日本留学中に学んだ経験を活かした彫像や細工物が飾られていた。

彫金や京象嵌《きょうぞうがん》を施した工芸品から、小さな石灯籠や水鉢といった石細工、神事《しんじ》用の調度品などなど、どれもカレルらしい優美で、緻密な作品がそこにあった。

それに続き、中央の部屋は日本から帰国した後に制作した作品である。

壁にあるのは、縦五メートル、横七メートルの石版に中世から現代までのプラハを代表する思想家や芸術家二十一人を彫った『プラハの異端児たち』というタイトルの作品だった。

ヴァチカンにあるフレスコ画『アテネの学堂《がくどう》』を意識したのだろうか、人数もサイズもほぼ同じで、ダイナミックなあの作品に対抗するかのように、カレルの作品はプラハの異端児たちが冥府《めいふ》に集い、意見を交わしている様子を描いている。

少しでも触れたら崩れてしまうのではないかと思うような繊細な美しさ。しかし舞台が冥府ということもあり、どこかネガティブな印象を感じ、蒼史は眉をひそめた。

初期の作品に比べると格段に技術は進歩し、夢のように美しい形をしているが、見ているとゾッと背筋が寒くなるような妖《あや》しさがにじんでいる。

――こういうのが彼の彫刻のスタイルなんだろうか。

最奥の展示室は、他の部屋と異なっていた。

部屋は全体的に暗く、展示作品は一点だけ。スポットライトに照らされ、闇の中にぽっかり浮かんでいるように見える演出が施されている。

足を踏みいれた途端、目に飛びこんできた大理石の胸像に、蒼史は鋭い刃物で胸を抉《えぐ》られたと錯覚するほどの衝撃を受けた。

「……っ！」

部屋の中央に置かれた作品は、彼がこの間の芸術祭でグランプリをとった彫刻だった。『Eine Schone Leiche（美しき亡骸《なきがら》）』というドイツ語のタイトルがつけられている。

——これは……まさか。

息を呑み、蒼史は膝を震わせた。

やわらかな稜線を描く東洋人とも西洋人ともいえない顔立ちをした人物の、胸像。

それは蒼史の姿を象《かたど》ったものだった。

「カレル……」

自分自身に酷似した彫刻。しかもテーマは『死』——。

まっ白な大理石に、ゆっくりと重い眠りにつこうとする表情の自分が彫刻されている。

うっすらと官能的に開かれた口元とまるで他人を誘うような首筋のライン。

しかし虚ろな眸だけが深い闇に沈もうとしているような風情だ。

どうして彼はこんなものを……。

今にも胸を破りそうなほど心臓が激しく脈打ち、掌に汗がにじんできた。

——これは……彼の心と記憶に刻まれたおれの姿？

憎悪の翳《かげ》りすらにじませた彫刻に、蒼史は背筋が凍りつきそうな恐怖を感じた。

四年前に蒼史がしたことを彼は決して許していない。

それどころか、ずっと憎んできたらしい。それをはっきりと実感するのに十分なマイナスのエネルギーが伝わってくる。ふいに指先が冷たくなり、血の気が引きそうになるのを感じた時、後ろにやってきた数人の男性たちが作品について英語で語り始めた。

「これがグランプリ作品か。実にミステリアスな作品だ。現世《うつしよ》のものとは思えない魅惑的な風貌をした亡骸を創るとは心憎いじゃないか」

「彼本人が悪魔的とも称される美貌の持ち主だ。今後も異端の精神世界を作品にしてくれるだろう」

「死にとり憑《つ》かれた孤高の天才か。かっこいいね」

違う、そうじゃない。

蒼史は心の中でかぶりを振った。

確かにカレルは天才だと思う。けれど悪魔的とか退廃的なタイプだと思ったことはない。むしろ石や粘土という無機質な素材に、生命の躍動感やきらめきを与えることができる人間だと思っていた。

最初の展示室にあった作品は、かつてカレルが話していたとおりの作品だった。

だが、留学後の作品といい、今、目の前にあるこの受賞作品には生の耀きが見えない。たくましい生命力が少しも感じられないのだ。

確かに美しい。誰が見ても目を奪われてしまうだろう、けれど。

どうしてこんなものを――――。

そんな疑問が湧きあがってきた時、ふっとフロアの空気が変わるのを感じた。

「――――っ！」

ざわめきが広がり、まわりにいた人間の視線が展示室の入り口に注がれる。

「カレルだ、カレルが現れた」

その声に、蒼史は動揺した。

「本当？　最終日でもないのに」

本人が現れたことに感激するような客の言葉があちこちから聞こえ、蒼史はとっさに入り口に背をむけた。

――いけない、ここにいては。

蒼史はあわてて廊下へ出て、そのままテラスに飛び出した。

さっと冷たい秋風が頬を突き刺し、寒さに身震いした。受け付けにコートを預けたために、うっかり薄着のままだった。たちまち体温を奪われていく。寒さからのがれるように蒼史は己の身体を抱き、硝子戸のむこうに見えた長身の男の姿を確かめた。

――カレル……カレルだ。

フロアの淡いオレンジ色の照明が、そこに現れた男をやわらかく照らしている。

「……っ……」

カレルがそこにいる。彼の姿を目にしただけで切なさがこみあげ、視界がぼやけてくる。

白いコートのボタンを開け、デニムのポケットに手をいれた彼の姿。以前よりも髪が伸び、無造作に後ろで束ねている。

だめだ、彼の姿を見ただけで封じこめていた想いがどっと噴きあがり、胸が引き絞られるようになって苦しい。自分に残された時間は少ないかもしれない。だから自責の念を払い、彼の個展にくるという厚顔無恥なことをしたのだが、さすがにこんないきなり彼と会うことになるなんて想像していなかった。

——今も彼が好きだ。昔と同じくらい、いや、それ以上に……。

手の甲で濡れた目蓋をこすり、おそらく二度と見ることのないその姿を目に焼きつけようとしたその時———。

「……っ！」

ふいに視界が暗くなり、蒼史はとっさに手すりを摑んだ。すっとまわりの色が消え、明度が下がり始めた。

——どうしよう、こんな場所で。朝、ちゃんと薬をのんできたのに。

帽子をとり、蒼史は指でこめかみを押さえた。

激しい頭痛に耳鳴り、顔の筋肉や皮膚が強ばり、それに嘔吐感《おうとかん》。

得体の知れないものに少しずつ身体が侵食されていく恐怖と不安にいつも苛《さいな》まれている。

自分が内側から崩壊し、つぶされそうな戦慄《せんりつ》。

——怖い。自分が、どうなるのかわからなくて。いつも不安で不安で。

それからどのくらいの時間が経ったのか。背後に人がきていたことにも気づかず、蒼史はしゃがんだまま身を震わせていた。

「——おい」

ふいに背中に響いた声に、一瞬、痛みを忘れ、蒼史はぴくりと身体を強ばらせた。

まさか、その低い声は……！

「こんなところで、何してる」

耳に飛びこんできた日本語に心臓が止まるかと思った。

「っ！」

とっさにふりあおいだ時、ふっと視界が戻った。暗い闇から色彩が存在するもとの明るい世界に。

——カレル……。

すらりとした長身の体軀にセミロング丈のオフホワイトのトレンチコートをはおり、細身の黒いデニムを穿いている。脹《ふく》ら脛《はぎ》までの黒い革製のジョッパーズ風のブーツ。

突然の再会に、顔を強ばらせる蒼史とは対照的にカレルは不遜《ふそん》な笑みをうかべた。

「久しぶり」

ふいに旧友と再会したような気さくな態度だった。だが、自分を見下ろす双眸は以前とはまったく異なる、尊大で冷ややかなものだった。こんな眸で見られたことは一度もない。

シャープな顔のライン、野性的な眼差し、生意気そうな唇。濃紺色の眸は、もともとの鋭さに迫力が加わっていた。カレルが前にいる。目の前にいて、話しかけてきている。

「プラハには、旅行できたのか?」

あいかわらずの流暢な日本語。そこにいるだけで目が離せなくなるような美しいオーラを全身から漂わせている。カレルのおだやかな声にいざなわれるように蒼史はゆっくりと立ちあがった。

「あ、うん……今朝、到着して……旅行ってわけでもなくて……」

「……オレの個展のために?」

「……それは……」

なんと答えたらいいのか――。会う資格がないのはわかっている。ただ、時間のあるうちに君の生まれた街が見たかっただけ――と言っても、それは自分に都合のいい理由だ。

「……あの、君の個展に。そ、そう、成功のお祝いをひと言伝えたくて」

蒼史はとっさに作り笑いを見せた。

「成功の?」

「あ……ああ。受賞おめでとう」

素直に祝福を伝えるのが一番いい。そう思った蒼史だったが、カレルはその答えが気に入らなかったらしい。

「なんだ、おまえも打算か」

ふっとカレルが冷たく嗤う。

「……打算?」

見あげれば、カレルは冷ややかな双眸で舐めるように自分を見ていた。口元には、皮肉めいた嘲笑がにじんでいる。

「祝いだなんて笑わせるな」

カレルは投げやりに吐き捨てる。

「よくオレの前に顔が出せたものだな」

怒りを押し殺しそうとしながらもあまり成功しているとはいえない声音に、蒼史は知らずあとずさりしかけた。だが、すかさず肩を摑まれる。

「……っ!」

唇をわななかせる蒼史の顔をカレルは冷徹に見下ろす。鋭い視線に肌を突き刺され、全身に震えが奔《はし》る。

「時間も経ったことだし、もうとうに自分のやったことは許されているはずだと思っているのか」

低くひずんだ声。歳月は彼の怒りを鎮めるどころか、増幅させていたらしい。

「……許されたなんて思っていないよ。時間なんて関係ない。ひどいことをしたと自覚しているし、簡単に許されることだと思っていない。でも君には一度ちゃんと謝りたかった……あの時こと、本当に悪かったと」

カレルはくすりと嗤った。

「謝罪なら、ちゃんとしてくれたじゃないか、『ごめん、おれは行けない』――というメール、もらったぜ?」

皮肉ともイヤミともとれる言葉に心が痛くなり、蒼史は視線を落とした。

「ごめん、謝ってすむ問題じゃないのはわかっている。あの時はどうしても行けなくて」

「わかってる。オレの存在が迷惑だったんだろ。オレの誘いもオレとのセックスも」

「違う、迷惑だなんておれは一度も…」

「嘘つくな。一緒にプラハで暮らすと約束しておきながら、『ごめん、行けなくなった』のひと言で終わらせるなんてひどすぎないか。それなのに今頃になって目の前に現れたりして」

蒼史はうつむき、泣きそうになるのを堪えた。

「ごめん……こんなところまできたりして、君をさらに不愉快にして本当にごめん」

くるんじゃなかった……。時間がないのは自分の都合で、カレルには関係のないことだ。ばったり会うことも考えられたのに、その時、カレルにどう言いわけするか、どう謝るか、何も考えず勢いのままにやってきた己の浅はかさを蒼史はひどく後悔した。だから彼は怒っている。

——おれは四年前だけでなく、今も彼にひどいことをしている。

「カレル……お願いだから許してくれ。なんでもするから」

蒼史は祈るような気持ちで言った。

「…おまえ自身は……どうしたいんだ？」

「わからない。わからないから君に訊いている。どうすれば君の気がすむのか。消えろというなら消える、償えというなら償う。なんでもするから……どうかおれのしたことを許してくれ」

すがるように告げた蒼史から手を離し、カレルは怪訝そうに鼻で嗤った。

「なら、償ってもらおうか」

「え…」

突き刺すように蒼史を見つめると、カレルはこのうえもなく美しい笑みをうかべた。そして無機質な声で告げてきた。

「償えよ。もし再会することがあったら、オレは、おまえに復讐しようと思っていたんだ」

ああ、やはり。蒼史は目蓋を閉じた。

さっき見た彼の彫刻が脳裏にうかぶ。

死、美しい亡骸————。カレルの作品のすべてを知っているわけではない。でも過去の彼はそんなものを創るような芸術家ではなかった。もし彼が自分への憎しみからあの作品を創ったのだとしたら、自分はその現実を受けいれなければいけない。

「君は……おれが憎いの？」

寒さなのか恐怖なのか緊張なのか理由はわからないが、唇の震えが止まらなくなっていた。きっと顔からは血の気が引き、表情は強ばっているのだろう。

「さあな」

カレルは冷笑を返してきた。あからさまな怒りというよりはこちらを試すような態度に、彼の憎しみの深さを痛感して心が悲鳴をあげそうだった。人一倍プライドと美意識が高いカレルは常にクールで、他人の前で感情をあらわにするのを醜《みにく》い行動だと思っている。こうして挑発してくるのは、彼が心のなかに何かを抱えている時。

浅く息を呑み、蒼史は低い声で返した。

「……どうやって償えばいい？」

「そうだな。モルダウ川で泳ぐってのは？　寒風の中、観光客の前で裸になって橋から飛びこんでみせろよ。数秒後には本物の美しき亡骸が完成する」

カレルはついとテラスのむこうを見た。

歴史的な建物のすきまからゆったりと流れるモルダウ川がうかがえる。晩秋のこの季節、そんなことをしたら死ぬだろう。

「本気？」

蒼史は眉根をよせた。

「……いやか？」

ちらりと横目で見られる。帽子を胸に抱き、蒼史はおちついた声で返した。

「かまわないよ」

もうどうでもよかった。飛びこんでそれでカレルの気がすむなら。でもそうではないことはわかっていた。

「死ぬぜ？」

蒼史は小さくため息をついた。

「そうして欲しいなら。……でも、君はそんなこと望んでないはずだ」

「何？」

「おれの溺死体《できしたい》なんてきっと醜いから。だから美しい亡骸は完成しない。美意識の高い君がそんなものを望むとは思えないんだ。本当は何をして償ってほしいんだ？」

蒼史の言葉に、カレルは形のいい唇に冷たい笑みを刻んだ。

「わかったようなことを」

「え……」

眉をひそめた蒼史に、カレルは自嘲気味に笑ってかぶりを振った。

「なら、今日からおまえの一カ月をオレにくれ」

一カ月――――？

言葉の意味がわからず、蒼史は首をかしげた。

「これから一カ月間、おまえはオレのアトリエで暮らし、彫刻のモデルになるんだ」

唐突なカレルの提案に蒼史は息をするのも忘れたように硬直する。

「モデルに――――？」

「そうだ。おまえの仕打ちは最低だったが、モデルとしてはめったにない逸材だということに変わりはない。償いたいなら、役に立つことをしろ」

その言葉は、蒼史の耳には福音のように響いた。

視界が晴れやかになり、こめかみからうなじのあたりに滞っていた頭痛が一気に引いていき、身体が軽くなったと感じた。

「……役に立つこと？　モデルをすれば君の役に立てるのか？」

念押しするように問いかけた蒼史にカレルは苦笑して肩をすくめてみせる。

「ああ」

「本当に？」

「おまえ次第だ。おまえがオレに逆らわず、望みどおりに振る舞えば、一カ月後に最高の作品を完成させてみせる」

おれ次第。それで償いは終了する。

蒼史は息を吸い、目を伏せた。

四年前、心と身体がバラバラに砕けそうな痛みとともに手放した恋だった。でも忘れることはできなかった。彼を好きだという気持ちは今も変わらない。

カレルへの気持ち。この人が好きだという、その気持ちだけでここまできた。だからモデルになれと言うならば、喜んでなる。できるかぎりの努力をする。贖罪《しょくざい》を望むというならなんでもする。

けれど、ひとつ――――不安があった。自分に一カ月という時間があるかどうか。

医師からはできるだけ早く戻ってくるように言われている。

『蒼史くん、君の気持ちはわかった。だから旅行は許可しよう。ただし戻ってきたら、すぐに入院して手術を受けるんだよ。でないと間にあわなくなるからね』

だけど自分は知っている。間にあったとしても、自分に明るい未来が一〇〇パーセント確実に約束されているわけではないということを。

だから医師は、特別に旅行を許可してくれたのだ。

もしものことがあった時に、後悔が残らないようにという配慮で。でなければ、大きな手術が必要な人間に、旅行の許可が下りるわけがない。もっとも、医師は行き先が海外だとは知らない。医師には北海道《ほっかいどう》の北の方に行くと告げている。

――どうせすべてを失うかもしれないなら、おれは……少しでもたくさんの時間をカレルと過ごしたい。

もし手術をして後遺症が残ったら、たよるべきものがない自分はどうやって生きていけばいいかわからない。死ぬのならまだしも、もしひとりで自立生活できないほどの障害が残った時は、潔く自らの手で人生を終えようと思っていた。だからこそ、ここにきたかった。カレルの彫刻を見に、カレルの街を見に。

どうせ日本にいても、家族のいない自分はひとりぼっちで病院のベッドにただ横たわっていることしかできない。大きな手術を受け、辛い抗がん剤治療を続け、自分が生きるとも死ぬとも障害が残るともわからないまま過ごすよりも、ここでカレルと一分でも長く一緒にいたい。好きで好きで好きでどうしようもない人に残された自分の時間を託したい。

それが本音だ。復讐でも贖罪でも、形などなんでもいいから……。

蒼史は手で胸を押さえた。

いつ倒れてしまうかわからない身体。こんな状態で、モデルなどつとめられるかどうかわからない。途中で倒れるかもしれない。でも絶対に迷惑はかけたくない。何かありそうな時は、そうなる前にカレルの家を出て病院に行く。

――一カ月……。おれの時間があるか、カレルの作品が完成するか。

大丈夫だ。気力を充実させた結果、長く生きた人の話も聞く。だからなんとか自分もがんばりたい。残りの人生のすべてをカレルとの時間に凝縮させたい。あの時、果たせなかった約束を果たしたい。それができれば、あとはどうなってもいい。思い残すことはない。これは自分のエゴかもしれない。

蒼史は自分の業《ごう》の深さを改めて知った。

——ごめん、カレル。償えという君の言葉をおれはこのまま利用する。憎まれても、嫌われていても、ただ……おれは君のそばにいたくて。

蒼史は覚悟を決めて顔をあげてにっこりとほほえんだ。

「じゃあ、君のモデルになる」

一カ月後はちょうどクリスマスイヴだ。その時まで、どうか神様が守ってくれますように。そのあとは、潔く、今度こそ君への想いを封印するから。

「今日からおまえはオレのマリオネットになるんだ、いいな」

カレルは窓のむこうに貼られたマリオネットのポスターをちらりと見た。チェコは人形劇が盛んだ。ここにくるまでの間もマリオネットの専門店や劇場、人形をあやつる大道芸人を見かけた。

「なるよ、人形にでも何にでも」

残りの時間を彼にあやつられるままあやつられ、彼の望むままに動く。それで彼の役に立てるなら本望だ。

「いい覚悟だ。一カ月、オレに従えばモデル料の他におまえの大学にも作品を寄贈してやるよ」

「……寄贈？」

唐突なその申し出に蒼史は目を見開いた。

「欲しくないのか？」

予想外の言葉に面喰らいながらも、心のどこかで喜びを感じた。彼の作品を日本に紹介することができる。

「いいの？　本当に？」

蒼史はすがるように彼の横顔を見あげた。

「ああ、欲しいんだろ？」

「ありがとう」

その言葉を噛みしめるように息を吸いこみ、蒼史は目を細めてほほえんだ。するとカレルは舌打ちし、忌々しそうに呟いた。

「寄贈するか否かは、一カ月後に決めることだ。……早速行こうか」

「行く？」

「オレのアトリエへだ」

カレルは蒼史の手首を摑んだ。

――あ……。

ぎゅっと、骨に喰いこむような力強い手。なつかしいカレルの手。

この手にかかれば、ただの土塊《つちくれ》が一瞬で命を宿し、優美な作品へと変化した。自分の凍えた肌もこの手に愛撫された途端、熱く火照り、甘苦しい熱に浸された。

――カレル……の手。

四年前、摑むことのできなかった恋しい手が、今、自分を捕らえている。

それだけで目頭が熱くなってきた。

東欧の魅惑的な美しい街プラハ。時間と体力があるうちに、どうしてもカレルの彫刻とこの街を見たくてやってきた。そして運命の糸にあやつられるかのようにカレル本人と会うことができた。

ましてやまた、この手に触れることができるなんて。これからむかう先に、何があるのかわからない。けれど恋しい相手に触れられていることに蒼史は至福を感じていた。

3　芸術家の眸

まさか蒼史がプラハに現れるとは。

いや、もう一度、彼に会う日がくるなんて、今日まで想像もしなかった。


「——ここがオレの家だ」

カレルが再会したばかりの蒼史を連れていった先は、プラハの歴史地区にある二階建ての自宅兼アトリエだった。

白壁のシンプルな外観。古い歴史的な建物が多いプラハのなかでは、モダンで前衛的な雰囲気が漂う建物だ。そこをカレルは住まいとしていた。

「……すごい家、オシャレだね」

カレルの車を降りた蒼史は圧倒されたような表情で仰望している。

——どうして、こんな男を連れてきたのか。

カレルは腕を組み、蒼史の横顔を冷ややかに見た。

風に揺れる前髪、くっきりとした眸に優美なラインを描いた鼻梁や輪郭。以前よりも痩《や》せたせいか、頬から顎にかけてシャープになり、彼の美貌に磨きがかかったように感じる。

先刻――。

個展を開催中のギャラリーで彼の姿を見た時、心臓が止まるかと思った。どうしてここにきたのか。今さら自分になんの用があってきたのか。その真意が知りたくて声をかけたが。

『成功のお祝いが言いたくて』

彼がほほえんで言った時、一瞬、その細い首を絞めてやろうかと思った。

『ああ、こいつもそうなのか』――と思って。

芸術祭でグランプリを受賞して以来、カレルのところには、昔の知りあいと名乗る連中が次々と訪ねてくるようになった。高校時代の同級生が金の無心にきたのを皮切りに、今まで会ったことがない親戚が急に現れたり、一度話をしただけの新人アーティストから師匠のような存在だと豪語されたり。寄贈をたのまれた出身校のなかには、一週間で転校した学校も含まれていた。

――そんなやつらと蒼史が同類だとは……。

以前の蒼史は打算や欲から離れた場所にいた。だからそばにいると心が和み、知らず惹かれていった。

それなのに、彫刻を寄贈してほしいのかと尋ねると、彼はうれしそうな顔で『ありがとう』と返事をした。

あの時、『最低だ』と思った。

カレルの記憶にあるのは、他の職員がいやがる雑用を引き受け、留学生のトラブルの尻ぬぐいをしながらも、イヤな顔ひとつ見せずにほほえんでいた姿と、工房に閉じこもり、憂わしげな風情でロクロをまわしていた淋しそうな横顔、そして自分と一緒にいる時の、生き生きとした明るい笑顔だ。

対人関係が苦手なのか、何か悩みでもあるのか、ふだんの彼はうつむきかげんで目立たないようにしていた。自分はたいしたことはできない、自分は地味な人間だからと己を過小評価し、常に控えめに振る舞っていたために彼の美しさに気づく者はほとんどいなかった。

だからこそ彼の美しさを見いだし、この腕で支配し、自分に抱かれ、日ごとに変化していく彼の姿を見るのが楽しかった。

彼はすべてにおいて素直――つまり真っ白なキャンバス、あるいはまだ誰の手も入っていない、発見されたばかりの大理石のようだった。

キスを教えると、翌日から彼の唇の動きに艶が感じられるようになった。愛撫のなやましさを身体で理解すると、磁器のようになめらかなだけの肌にしっとりとしたなまめかしさをにじませるようになった。そして身体をつないだ時は、恥ずかしがりながらも、命じられるままに従おうとする姿に、彼の愛情を確信していた。

そんな素直さと同時に、自分が彼に深い興味をいだいたのは、優しげでやわらかな外見のむこうに、彼自身まったく自覚していない激しい情熱の焔のようなものがふっと透けて見えたからだ。

趣味の範疇だから……と言いながらも、彼がたまに創る陶芸作品の情熱的なフォルムや絵柄に驚くことが多かった。一見、おとなしやかに見えて、その実、心の奥に得体のしれない焔を隠しているのではないかと想像し、それを暴いて彫像という形にしてみたいと思った。

だから誘った。モデルになれと。すると彼はうれしそうに答えた。

『君と暮らせるなんて夢のようだ』

あの日、別れぎわ、潤んだ眸に涙を溜めていた彼の清雅な笑みにふっと胸が甘く疼《うず》いた。

一途に慕ってくる彼に、いつしかほだされていたのだろうか。

自分は彼に惹かれているのか、それともモデルとしての興味だけなのか。

――まあ、いい、焦って答えをださなくても、プラハで暮らしているうちにおのずと明らかになることだ。いずれにしろ、彼が自分のものであることに違いない。

当時はそんな自信をいだいていた。

『じゃあ、一週間後、空港で』

だが、その日の夜半、彼から『ごめん』という短いメールがきた。

『ごめん……だと？』

一体、どういう意味なのか。確かめようと電話をしても携帯電話の電源は切れたまま。

翌日、カレルは心配になって、彼の自宅に電話をかけた。すると祖父が出た。

『君には迷惑している。親切心から工房を貸してやったのに、私の孫をこともあろうに同性愛の相手にしようとしたりして。これ以上、孫につきまとうと、訴えることも辞さないよ』

その言葉で、一瞬にして目が覚めた。

迷惑——そう、そうだったのか。蒼史はオレを迷惑に思っていたのだ。

『バカバカしい』

そんな相手を誘ったりして……自分はなんという恥ずかしいことをしていたのか。

激しくプライドが傷ついた。イヤなら最初にそう言えばいい。自分はそんな相手に無理やり迫るような男ではない。それなのに気があるような素振りを見せて、この腕に何度も身を任せたりするから大きく勘違いしたじゃないか。

いや———しかし思い当たらないことがなかったわけではない。彼は大学でも職員や留学生の無理な願いを聞き入れていた。自分に対しても同じだったのだろう。迫られたから受けいれただけで、本気でついてこいと言われて困惑して……とりあえず『行く』と返事したがあとになって困ってしまって——というのが真相だろう。

彼にとって自分は仮初めの、とるに足らない相手だったのだ。でないと考えられない。海外に一緒に行くという約束を平然と破った彼。そっけない謝罪のメールのあと、彼の携帯電話にまったくつながらなくなってしまった。

彼のその行為。そして彼の祖父の冷然とした態度。あの屈辱感がその後の自分を支えたといってても過言ではない。他人から与えられた初めての裏切りであり、初めて味わった挫折《ざせつ》でもあった。

彼をモデルに彫刻をしあげ、その年の芸術祭に出品しようと意気ごんでいただけに、創作意欲に水を差され、プライドも踏みにじられ、途方に暮れてしまった。

将来への希望を失ったと同時に、自分のものだと信じて疑わなかった存在を失った喪失感にしばらく彫刻をする気になれなかったほど。

そして自分の気持ちに気づいた。

オレは彼のことを本気で。好きになっていたのだ——と。

どうでもいい相手と思われていたにもかかわらず、一方的に心を奪われていた自分。初恋を自覚する前に砕けた恋。なんて情けない男なのか。

そのあとは、どん底の日々だった。

——そこから立ち直るのに、オレがどんな思いをしてきたか。

当時のことを思い出しただけで、胸の痛みとともにふつふつと憤りがよみがえってくる。

四年が経ち、さすがに過去から立ち直ったつもりでいたが、本人を目の前にすると……形容できない厄介《やっかい》な感情が胸の底から湧いてきてどうしようもない。

そんなことを考えながら、カレルは玄関の鉄製の扉を開いた。

「──蒼史、今日から一カ月、おまえはここで暮らすんだ」

なかに入ると、石膏や粘土がもつ乾いた匂いが鼻腔をつく。一カ月、ここにこもっていくつかの仕事をしあげるつもりでいた。尤も、ここを仕事場にするのはこれで最後だ。来春からはフランスの実業家の出資をうけ、パリに大きな工房をかまえ、何人もの職人を雇って歴史に残るモニュメントの制作なども手がける予定になっている。

──これは、最後にとりかかる個人での仕事ということになる。

「早く入りな」

「う、うん」

小さなリュックを胸に抱き、不安げな面持ちで蒼史が家に入る。

「川の音？」

「ああ、家の裏にモルダウ川の支流がある」

カレルの家の二階は居住スペースになっていて、アールヌーボーの家具でまとめられたリビングと寝室、キッチンとバスルームがあり、一階のフロアすべてを仕事用のアトリエにしている。

コンクリートが剝き出しになったアトリエの家具はすべてモダンでシンプルなものに統一していた。作品の制作中に寝泊まりができるよう、二階のキッチンや寝室とは別に、流しや冷蔵庫、それに鉄製フレームのベッドなどを用意してある。アトリエの奥の倉庫にはこれまでに創った何体かの彫像のほかに、色づけしたポーセリアン・アート風の習作。

あとはちょっとした悪ふざけで創った代物が置いてあった。悪魔の粘土像や骸骨《がいこつ》を抱く処女の石膏像《せっこう》、それに美女の首筋に咬みつこうとする吸血鬼の石像など。

「……知らなかった、君に怪奇趣味があったなんて。でもなんか明るい感じ」

彫刻に興味があるのか、目を輝かせている。

復讐されることにもっと恐怖心を抱けばいいのに……とカレルは内心で苦笑した。

「この国をどこだと思ってる。カフカ、ミラン・クンデラ、コラージュ、オテサーネク、『プラーグの大学生』を生んだ国だぜ」

チェコの人々は少し奇妙で、風変わりな世界で生きている。聖母像の横に骸骨の絵、子供むけの玩具屋にずらりと並ぶ、シュールなマリオネットや、異様なほど不気味な顔をした河童《かっぱ》の人形や人食いの化け物人形。

街のシンボルの天文時計は死神が鐘を鳴らしたかと思うと、十二使徒がくるくると現れては消えていく。

ずっと中世のままでいるようにと魔女に魔法をかけられたと言われても信じてしまいそうな古めかしいおとぎ話のような街並みがあったかと思うと、地下鉄は最新のモダンアート調のメタリックでポップなデザイン。聖なるものと怪奇の共存、愛らしいものと不気味なものの融合、新しいものと古いものの微妙で奇妙な調和。極端と極端を組みあわせ、明るく楽しく自分たちのものにしていく——チェコという国はそんなところだと思う。

「オレたちはそういうのが好きなんだ」

乱暴に吐き捨て、カレルは廊下に面したアトリエの扉を閉めた。カチャリと錠がかかる音が響いた途端、空気の圧力が変化したように部屋のなかにシンと静けさが落ちる。

「……っ」

蒼史がふりむき、その静謐《せいひつ》さにとまどったように耳のあたりを指でさわる。

じっとしているとたがいの呼吸すら聞こえそうなコンクリートにかこまれた密室だった。

窓は高く、台に乗らなければ外の風景を見ることはできない。

「荷物はオレがあずかる。いいな？」

カレルは蒼史の胸からひょいとリュックを奪った。

「うん……ところで、カレル、家族は？」

あたりを見まわし、蒼史はおずおずとした態度で尋ねてきた。この建物内に他の人の気配を感じないせいだろう。

「いない」

「いないって？」

「両親も兄も健在だが、ここにはいない」

「じゃあ、どこに？」

「どこだっていいだろ。おまえには関係ないことだ」

「……ごめん」

すまなさそうに言う蒼史に、カレルは内心でため息をついた。

彼の、この異常な儚いまでのしおらしさは一体なんなのだろう。以前から控えめなタイプだったが、今は、白で統一されたアトリエの壁にすーっと溶けてしまいそうな、そんな実体の薄さを感じる。

――なんだろう、彼のこの違和感は……。

四年前、迷惑だと言ってこちらを突き放しておきながら、こちらが成功した途端、償いたいと口にし、川に飛びこんでもいい、マリオネット扱いしてかまわないとまで言う。

そこまでしてオレに媚びる目的は？　わからない、蒼史の思惑が。

「蒼史、これから一カ月、食事は冷蔵庫のなかのものを勝手に食べてくれ。洗濯も入浴も空いている時間に適当に。オレはおまえの世話までする気はないから」

「うん」

蒼史はふっとほほえむ。

その透明な微笑。白い壁に吸いこまれそうなほど淡い笑みに、一瞬、チリ…と胸が焦げつきそうになる。

どうしてそんな幸せそうな笑みを見せるのか。それともバカにしているのだろうか。復讐といっても、たいしたことはできないと思って。だとしたら見くびられたものだ。

「そろそろ仕事に入る。おまえは椅子に座って。コートはそこにかけておけ」

「じゃあ、ハンガー、借りるね」

カレルは暖房のスイッチを入れる。クローゼットにむかいかけた蒼史は床に転がっていた粘土用のバケツに足を引っかけた。

「あ……っ！」

濡れた粘土が床に流れ出し、それをよけようと蒼史はとっさにテーブルで身体を支える。

その時、テーブルに無造作に置いてあった分厚い封筒が粘土の上にばさりと落ち、なかから数枚の写真が飛び出た。カレルの家族の写真だった。

「ごめん……写真が粘土の上に」

床に膝をつき、蒼史が粘土の上に落ちた写真を拾い集めようとする。

「気にするな。適当でいい」

「でも端のほうが汚れて」

写真についた泥を指でぬぐおうとする蒼史の前に立ち、カレルはそれを奪いとった。

「別に大事な写真じゃない。どうせベルリンの母から送られてきた写真だ」

そのまま棚にポンと投げ置く。

「ベルリン？　お母さんはベルリンにいるの？　お父さんやお兄さんも？」

顔をあげて興味深そうに訊く蒼史を白けた目で見下ろす。蒼史はさっきからどうしてこちらのことを知りたがるのだろう。仔犬がすがってくるようなひたむきな眼差しをむけられると、また誤解してしまいそうになる。こいつはオレのことが好きだ、オレに夢中になっている、と。

「知ってどうする。家族のことなどどうでもいいことだろ」

いちいち詮索するなという態度をとると、蒼史は笑みを消してうつむいた。

「……そうだね、ごめん」

ひどく申しわけなさそうな態度だ。それではこちらが意地悪をしているようではないか。

「オレが何か言うたび、謝るのはやめてくれ」

「うん、ごめん……ううん」

白々しいほどのその作り笑いに、カレルはやれやれと肩を落とした。

「粘土を掃除しておいてくれ。その間にオレは仕事の準備をするから」

蒼史に背をむけ、カレルは引き出しからスケッチブックと鉛筆を取り出した。

自分の父はチェコの画家で、母は旧ソビエト出身のモデルだった。だが幼い頃、父は事故に巻きこまれて還《かえ》らぬ人になってしまった。その時、尽力してくれたドイツ系の医師と母は再婚し、カレルを連れてベルリンに移り住んだ。

その男も病気で妻を亡くしていて、カレルよりも少し年上の男の子がいた。

それから二十年――。

現在、義兄は義父とともに、ベルリンで医師として活躍している。一方の自分は、高校卒業後、チェコの美大に進学し、そのまま亡き父親の遺したこの家に住んでいた。

そうしたことをわざわざ蒼史に日本語で説明するのが面倒だった。かなり自由に話すことができるとはいえ、久しぶりに使う日本語に苦痛がないわけではない。

「……カレル、ここ、掃除したけど、流れ出た粘土、練り直しておこうか?」

蒼史はバケツにかき集めた土を掌で包んだ。

その姿にふっと既視感をおぼえる。四年前、彼の自宅の奥にある工房で、自分がロクロをまわしていた時、よくそうやって彼がそばで土を練ってくれた。

「いい、オレの仕事に手を出すな」

カレルは冷たく言い放った。

「でもこのままだと土が硬化して使いものにならなくなるから」

かき集めた土の硬度を確かめる蒼史に、カレルは肩で息をついた。

あいかわらず人がいいというか、お節介というか。わざわざ余計な仕事を探したりしてバカじゃないのか、と思う。

「いいって言ってるだろ。ここは日本じゃない。おまえは何もしなくていい。オレに言われたことだけをしていればいい」

鋭利な刃物のような声音に、蒼史は、一瞬傷ついたような顔をしたが、すぐに気をとりなおしたようにほほえんだ。

「わかった。ごめん」

忌々しいほど従順な態度に、かえって苛立ちが募る。

「仕事を始める。おまえは手を洗ってこい。粘土でどろどろじゃないか」

「あ、うん」

あわてて洗面所にむかう蒼史の姿を、カレルは冷めた目で見た。

——本当にオレの言いなりだ。

もしこの場でその身を組みしいても簡単に足を開くだろうか。レイプをしようとしても償いとして受けいれるだろうか。大勢の男を呼び、ショーまがいの輪姦行為に及んでも、何も抵抗しないだろうか。

今の彼は……命じれば、そのすべてを平然と受けいれてしまう気がする。

もちろんそんな非道なことをして、自分の人間としての価値を貶《おとし》めるような真似をする気はない。今さら蒼史と肌を合わせたり、情を通わせるようなことも望んではいない。

ただこの四年、自分がどれほどの思いで過ごしてきたか、何も知りもせず、のこのこと現れた彼に苛立っているだけだ。

それだけ挫折感が大きかった。それまでの自分はほしいままに賛辞を受けてきた。美しき早熟の天才芸術家。彫刻界のアルチュール・ランボー。二十一世紀のロダン。ミケランジェロの再来……。

そんな言葉を真に受けるほど驕《おご》ってはいなかったが、それでも昔は世界が自分を中心にまわっているように感じていた。だからこそ、捨てられたあとの落ちこみは激しかった。彫刻の制作に没頭することもできず、何度、石を叩き割ったことか。

――だめだ、このままでは。なんとかしないと。オレは蒼史に捨てられたくらいで人生を棒に振ったりしない。

ムキになって自分に言い聞かせた。

もはや意地だった。どうすれば前に進めるのか。模索の毎日だった。新しい技法を学んだり、違う素材に挑戦してみたり、解剖学の講義に出て人体の構造を追求してみたり。

そんな日々を過ごしたあと、バックパッカーとなってリュックを背にヨーロッパ各地の芸術作品を見てまわった。

帰国後、それまでの過去を断ち切って前に進むため、蒼史の彫像を創って芸術祭に応募した。

その作品に『美しき亡骸』というタイトルをつけたのは、自分のなかでようやく彼の存在を葬《ほおむ》れたと思ったからだ。

そして芸術祭でグランプリを受賞するという大きな栄光を勝ちとった。

過去を断ち切った。オレは過去に勝った。

そう思って新たな出発を迎えたその時、よりによって蒼史が目の前に現れるとは……。

「――で、どうだった、オレの彫刻は」

洗面所から蒼史が戻ってくると、カレルは腕を組み、尊大に尋ねた。

彼をモデルにする前に、感想を聞いておきたかった。

「どうって？」

「自分と酷似した胸像を見て、なんとも思わなかったのか？」

さすがに亡骸扱いされてうれしいはずはないだろう。そう思って訊いてみると、案の定、蒼史は虚ろな表情でうつむいた。

「驚いたよ。自分と似た胸像というより……君があんな彫刻を創っていたことに」

あんな彫刻――――？

カレルは組んでいた腕を解いた。

「どういう意味だ？」

顎を摑み、その顔をのぞきこむ。蒼史は長い睫毛《まつげ》を揺らした。

「カレル……」

「言え。言葉の真意は？」

目を眇《すが》め、蒼史の顔を睨《にら》みつける。

首を縮めてひどく痛そうな顔をしながら、震える声で蒼史が返してきた。

「信じられなかったから……君が亡骸を創るなんて」

「怒っているのか。死体にされて」

とっさに蒼史が首を左右に振る。

「そんなことで怒ったりしない」

「じゃあ、つまらない作品だと言いたいのか」

「あれはとても美しく魅惑的な作品だよ。ただ驚いたんだ」

「何を」

「…思いもしなかった。君が死をモチーフにした作品を創っていたことに」

「あれは亡骸を創った。死がモチーフでどこに問題がある」

「死……おれの死体、それはいい。君は完璧に死を創りあげていた。自分の死体が本当にあそこにあったみたいで鳥肌が立ったくらいだ。でもあそこには、制作者の……つまり君の魂が感じられない。四年前、君が目指すと言っていた方向とは違っていて、とてもネガティブで、温度が低くて、とても陰鬱な空気を感じて、君らしくない気がするんだ」

「……っ！」

蒼史の言葉に、一瞬、カレルは彼の顎を掴む指をゆるめた。しかしすぐに骨に喰いこむ強さで掴みなおした。

「……くっ！」

思わず指に力をこめたために、蒼史が顔を歪める。

――オレの魂が入っていないだと？

入っていないわけじゃない。あそこにあるのはオレの死んだ魂だ。おまえに殺されたオレの。

「偉そうに分析するな」

「分析なんてしていない。おれは君の陶芸作品しか知らなかったけど。少なくともそこにはいつも君が理想とする生命の躍動感があったから」

「いいかげんにしろ！」

初めて声を荒らげたカレルに、蒼史がはっと目をみはる。

くっきりとした大きなオニキスの眸……。夜の闇の宝石にも似た、その双眸をもっと捉えようと視線を絡めたとたん、しかし気まずそうに蒼史はうつむく。

「……っ」

カレルは舌打ちした。この男は四年前と変わらない。昔も目が合うとすぐに視線をはずした。自分はこの男の目をまともに見たことがない。だから、あの彫像を創った時もためらいがあったのは事実だ。

——そのことを……この男は無意識のうちに感じとったのか。

カレルは鋭利な目で蒼史を睨みつけた。

「何もかもおまえのせいじゃないか。おまえが元凶だ」

怒りをにじませながらも静かに告げると、蒼史は青ざめた顔で目蓋を閉じた。

「ごめん……カレル……」

「謝るくらいなら、さっさと役目を果たせ」

カレルは蒼史の腕を摑んだ。おびえた顔で彼が肩をすくめる。

——いっそめちゃくちゃに壊したい。このまま押し倒して、この細い身体を穢《けが》すだけ穢して、失敗した彫刻のように砕いて……。

無性に苛立っていた。ネガティブ、温度が低い。陰鬱。死をモチーフにした彫刻。それは蒼史にこそ一番言われたくなかった事実だった。作品が欲しいという理由で打算で近づかれているほうがまだ自尊心が傷つかない。

カレルは蒼史の腕をひっぱり、部屋の中央に置かれたベッドに彼の身体を投げだした。

「……カレル……」

恐慌をきたしたように、ふりむいた蒼史をカレルは冷たい目で見下ろす。

「何をおびえている。おまえはオレのマリオネットになるんだろう」

自分の眸が鋭利な刃のように彼を突き刺しているように感じた。

「……っ」

息を震わせ、緊張に顔を強ばらせる。

その手首をカレルは強くにぎりしめ、大きくベッドに押しつけるように開いた。

「……っ……ま……待って、カレル……」

シャツのボタンに手をかけようとしたカレルの手を離し、蒼史が身体をよじる。すかさずカレルは彼の肩を摑んだ。

「……っ」

「人形になるんだろ。拒む権利はない」

低い声が告げる冷淡な言葉に、蒼史の身体が強ばる。

「君は……そんなにおれが憎いの？」

シーツに頬をあずけ、蒼史は力が抜けたように尋ねてくる。

「さあ」

自分でもよくわからないまま呟いた時、きゅっと固く閉ざされた蒼史の睫毛のすきまに光るものが見えた。

——涙……？　どうして泣く？　泣くくらいなら、償わせて欲しいなどと口にするな。

だから自分もとまどっている。会って早々に蒼史をここに連れてきたことを悔やむほどに。

この感情は、果たして怒りから芽生えたものなのか？

自分を捨てた蒼史に？　それとも思いどおりの作品が仕上げられない自分に対してか？　己の内側から湧き起こる名状しがたい感情を爆発させるように、カレルは蒼史の肩を押さえつけていた。

◇◇◇

石造りの街に鐘が響いている。数百年前から時間を止めたままの街に。

再会してからずっとカレルは自分に棘《とげ》のある言葉や態度をとり続けている。

一分一秒ごとに彼の憎しみが空気越しに身体のなかに溶けてきていたたまれない。

「……っ！」

何をされてもいいと覚悟を決めて息を吸いこんだ時、しかしカレルはすっと蒼史の肩から手を離した。

「カレル……？」

見あげると、カレルは冷たい目で蒼史を見下ろしている。

双眸ににじむ冷気。怒っているのだろう。さっき、自分があんなことを言ったから。

『君は完璧に死を創りあげていた。自分の死体が本当にあそこにあったみたいで鳥肌が立ったくらいだ。でもあそこには、制作者の……つまり君の魂が感じられない。四年前、君が目指すと言っていた方向とは違って、とてもネガティブで、温度が低くて、とても陰鬱な空気を感じて、君らしくない気がするんだ』

そう言ったのは、どうしても知りたかったから。カレルが自らの意思で死をテーマにしたのか。それともそういう彫刻しか創れなくなっているのか。

答えは……後者だった。

彼の怒り、態度からそれがわかった。彼の心の澱《おり》はそれほど深くて重い。

やりきれない思いに息を震わせる蒼史から、カレルは視線をずらした。

「――仕事にかかる。座ってろ」

カレルはベッドの前にテーブルと椅子を用意し、スケッチブックを手にとった。

「……カレル」

「しゃべるな。集中できない」

カレルの指示どおり、蒼史はベッドに座ったまま息を殺した。

「デッサンを始める。脱げ」

「え……」

唐突な言葉に、蒼史は驚いて立ちあがった。

「――裸になるの？」

当然だといったばかりにカレルは鼻で嗤う。

いや、と、カレルはかぶりを振る。

「全部脱げ」

「全部……って」

「いやなのか?」

いやも何も。自分は彼の望みをすべて受けいれるだけだから。

「別に……ちょっと驚いただけで」

モデルを引きうけた以上、裸身になることも覚悟していた。今さら羞じらうことはない。

蒼史はシャツを脱ぎ、腰を拘束していたジーンズのベルトを抜き、ジッパーを下げた。

それだけでふっと身体が軽くなった気がした。肌と下着の間に指をしのばせ、足のつけ根まで下ろすと、すとんと足首まで下着ごとジーンズが落ち、乾燥した冷気が皮膚を撫でる。

「その傷……どうしたんだ」

彼の視線が足に注がれ、蒼史は、ああ、と息をついた。

自分の左足には、膝下から足首までくっきりと傷痕が残っている。

「これは……事故で……車に乗っていて」

「事故?」

片眉をあげ、さも意外そうに呟くと、カレルは鼻先で嗤った。

「嘘つけ。それは刃物の傷だ」

「カレル……」

「何があった？」

眉をひそめたカレルに、蒼史はうつむいた。そして機械のように答える。

「事故みたいなものだ。君には……関係のない話だよ」

蒼史はそれ以上の説明を加えなかった。彼に余計なことを話す気はない。

——確かに……これは刃物で刺された傷だ。

刺したのは母。刺されたのはあの日、カレルと最後に過ごした四年前の夜のことだ。

入院中、蒼史の変化に気づいていた母はこっそりと病院を抜け出し、あの時、工房での二人のやりとりを盗み聞きしていたのだ。

夜半過ぎ、窯に彼の花瓶を入れたあと、工房でうつらうつらしていると。

『————っ！』

膝から下に感じた鋭い痛み。そして、

『行かせない、どこにも』

絞り出すような母の声が工房に響いた。

包丁から滴《したた》る血。母の漆黒の眸に焰のようなものが揺らめいていた。

『許せない、蒼ちゃんまで私を捨てるなんて。あの男が許せない。あんな男に蒼ちゃんを奪わせない。あのチェコの男もめちゃくちゃにしてやる』

殺すか、彼の利き手を傷つけるか。たとえ地の果てまで追ってでも。母ならやりかねない。

『あの男、彫刻家なんでしょう。なら彫刻ができないようにしてやる。手でもいいし、腕でもいいし、目でもいいわ』

母がそう言った瞬間、全身が凍りついた。この人の病気はさらに悪化している。

――この目……本気だ。だって、このひとは過去にも。

妊娠を知り、堕ろしてほしいとたのんだ留学生の手をこの人はカっとなり、傷つけてしまった。その時は祖父が金で解決したらしいが、それ以来、母は気に入らないことがあるとすぐに刃物をもち出すようになった。傷痕こそ残っていないが何度か傷つけられたことがある。他にも服を裂かれたり、教科書を破られたり。彼女はそうすれば願いが叶うと思っている。

『カレルを傷つけるのはやめて、それだけは！』

蒼史はすがるようにたのんだ。

『いやよ、私の大切な蒼ちゃんにあんなことをして。外国に行こうなんて誘って』

『行かないから、どこにも行かないから。約束するから』

『なら、蒼ちゃんが彼の代わりになるのよ、いいわね』

そして彼女は包丁を再び振り下ろした。

「……っ！」

その時の足の痛み、胸の痛み。思い出しただけで、足の傷が疼き、胸がきりきりと絞られたように痛む。

蒼史は内心でかぶりを振り、気をとりなおしたように言った。

「――ごめん、モデルをやるって言ったのに、こんな傷痕があって」

けれど彼は気にしていない様子だった。

「いや、傷痕はいい。それを作品に反映させるかどうかはオレが決めればいいことだし」

そう言うと、カレルは肘をつきなおし、スケッチブックを開いた。

「で……おれ、どうすればいい？」

「背中を壁にあずけろ。……少し右足を前に。そう、そのほうが綺麗だ」

うながされるまま足を前に出した蒼史の姿をカレルは黙々とスケッチし始めた。


鉛筆の音がコンクリートの密室に響く。

窓から射す淡い午後の光を頭上から受けた自分の細長い影が足元に伸びている。

今、彼の目にはどんな自分が映っているのだろう。彼に見える世界は自分の見ている世界とはどんなふうに違うのだろう。

カレルの手――――。

彼のような手の持ち主を、神の祝福を受けた男というのだろう。そんな男が自分を描いていると思うと、肌が粟立ち、全身を流れる血が熱くなっていく。

カレルの鉛筆の音が鼓膜に触れるたび、自分という人間の中身が彼のスケッチブックに移動しているような錯覚をおぼえた。

磁力にも似た不思議な力で、彼の手に自分の命は吸いとられ、彼の手が描く世界に封じこめられていく――そんな感覚に、陶然としかけた時、カレルが低い声で命じた。

「――ベッドの上に移動しろ」

くいと顎でベッドを示される。

「そこにもたれて、膝を開いて」

「え……っ」

蒼史は耳を疑った。自分は下着をつけていない。それではきわどい場所をはっきりとカレルの目にさらしてしまうことになる。

「どうして膝を?」

震える声で問いかけた蒼史に、カレルは思いもしなかった行為を要求してきた。

「開いて、オレの前で達《い》け」

「え……!」

それは……つまり。ごくりと息を呑み、蒼史は彼を凝視した。

「達け。自慰ぐらいできるだろう?」

「君は……達く時のおれを描きたいの?」

「ああ」

これも復讐のひとつだろうか。それとも――。

「ホントにそんなものが見たいのか？」

「いいからさっさとやれ。一回で写生してやるから」

その尊大な態度。こちらが承諾するのを当然だと思っているような。

――彼はおれを辱《はずかし》めたがっている。こちらを貶めたいと思っているのだろう。

こんなことでおれは恥ずかしがったり、屈辱を受けたりしない、それよりも大切な芸術の才能を復讐の道具に使ったら、君自身があとで後悔するかもしれないよと言いたかったけれど、余計に怒らせるだけだとわかっていたのでやめた。

あきらめたように目蓋を閉じると、蒼史は恐る恐る膝を開いていった。

「もっと」

立ちあがり、カレルは蒼史の足首を摑んでぐいとシーツの上をすべらせた。

「――っ！」

M字に足が開かれ、まだなんの反応も示していないそこがカレルに見られていると思うだけで蒼史の頬に血がのぼる。

「何を恥ずかしがってる。平気で男に足を開いてきたくせに」

からかうような声が胸に突き刺さる。

「平気でって……おれが？」

蒼史は声音を震わせた。

「他に誰がいる。どうせおまえのことだ、オレを捨てたあとも、たのまれたら断れず、誰とでも親しくしてきたんだろう」

「君には……おれがそんなふうに見えるの？」

「現にオレに対してだってそうだった。ちょっと優しくしたら、すぐにセックスに応じて。最後のほうなんて、恥ずかしさもとまどいも捨てたように激しくなって」

「それは、おれが――――」

カレルは誤解している。おれは君以外誰も知らない、最後のほうは、もうカレルと離れなければいけないと思っていたから、カレルが望むことに応えたいと思って――そう言いたかったが、蒼史は続きの言葉を呑みこみ、うつむいた。

真実を告げてどうする。彼も自分の貞節など望んではいない。

だいいち何を言ったところで過去も未来も変わらない。今の自分にできることは、至福の時間として与えられたこの一カ月を有効に使うだけ。神さまがくれた夢のような時間として。

「いや……なんでもない。そうだよ、君の言うとおりだよ。おれは……たのまれると断れないから……今もこんなことをしてる」

彼が勘違いして自分を蔑《さげす》んでいるのなら、それでいい。今さら好かれようとは思っていないのだから。何も望まない。何かを望んではいけない。カレルのマリオネットになって命じられるまま動くだけでいい。

「なら、早くやれ」

カレルは椅子に戻り、鉛筆を手にとった。

「……ん……」

蒼史はおずおずと下肢に手を伸ばした。まだやわらかい。変化の兆《きざし》すら感じられない。指先で窪みを触っても乾いている。

これはきわめてデリケートな行為なのに、こんなふうに緊張した状態で簡単に達けるわけがない。ましてやカレルの目があるのに。じっと下肢に注がれる眼差しの鋭さに緊張と羞恥が増し、指が震えてそこを扱こうとしてもうまく摑めない。

これは償いだから……と自分に言い聞かせても恥辱が勝ってどうしようもない。

「早く」

「うん……」

カレルのその態度が哀しかった。嫌われているのは仕方ないとしても、彼の大切な芸術の才能で復讐しようとしていることが蒼史には耐え難かった。

「……っ」

だめだ。どんなに弄っても反応しない。好きな男に自慰を描かれるという異様な行為。ふっうの神経でできるわけがない。カレルの望みなら何でもしようと思うものの、身体は正直だ。

——こんなの……無理だ。できない。

助けを乞《こ》うようにカレルを見ると、彼はくいと顎で示した。

「先に胸を弄《いじ》ってみろ」

「胸って……」

「そこ、弱かっただろ。さわっただけで一気に達ってしまうほど。そっちから勃《た》たせてみろ」

揶揄《やゆ》にも似た言い方。芸術と復讐を混在させている。四年の間に彼はもう自分の好きだったカレルではなくなってしまったようだ。失望が冷たい空気となって胸底を駆け抜けるような気がした。

「早くしろ」

ため息をついて目蓋を閉じると、蒼史はそっと胸に手を伸ばした。指の腹で粒のあたりをなぞる。

だが緊張で指が強ばり、快感どころかシャツ越しに爪を立て痛みが走ってしまう。

「カレル……おれには……」

できない、と言いかけた蒼史の言葉をカレルが冷たくさえぎる。

「土だと思って触れてみろ。一緒に何度も触れたあの土だと」

彼は蒼史を見ながら、スケッチブックに鉛筆を走らせた。刹那《せつな》、彼の目に何かのスイッチが入ったように見えた。

皮膚を切り裂かんばかりの鋭さ。それはこちらを憎んでいるものではない。ただ彼の眼差しが無数の刃物となってこちらに注がれているような感覚だった。

――この眸……どこかで見たことが。そうだ、これは四年前に……。

京都の三十三間堂に行った時に見たものと似ている。仏像を前にした時の彼の眼差しは、確かこんなふうだった。

そのことを思い出し、気づいた。今、彼は自分を辱めようとしているのではなく、芸術家として純粋にこちらが遠く姿をその目に捉えたいと思っているのだ。

――そうだ……やっぱりカレルは大切な才能を復讐の道具に使ったりしない。自尊心が強く、誇り高い彼がそんなことをするわけがない。

そう思うと、背筋がぞくりとした。そこにいるのは自分を憎んでいる男ではなく、四年前に自分が好きになった芸術家。二人で土に触れ、愛しげにこの身体を抱いた青年。

――土……そう、これはあの日、カレルと触れていた土だ……。

蒼史は静かに目蓋を閉じた。目を瞑れば、くるくるとまわりだしたロクロに指を添えている自分とカレルの姿がよみがえってくる。四年前の二人が。

『このまま抱いていていい？』

耳元で囁かれ、首筋を咬まれ、別の手で胸の粒をつぶされて……。

その時の感覚を思い出しながら、自分の胸を撫でていく。ゆっくり、触れるか触れないかの強さで円を描くように小さな実を静かに刺激してみた。

「もっと優しく触れるんだ。でないと、土が崩れる。おまえがオレによく言っていた言葉だ」

カレルの声に誘われるようにそこをなぞる。

するとじわじわと皮膚に熱が灯り始め、それまで乳暈《にゅううん》に埋もれていたそれが少しずつ硬くなり、指を押しあげるように尖《とが》り始めた。

「……っん……」

爪を立てた途端、なぜか腰がよじれてしまう。恥ずかしさよりも、脳まで駆けあがってきた熱に思わず甘い声をあげる。

「あ……あぁっ……は……っ」

どうしたのだろう。身体が少しずつ異様な感覚に追いつめられている。彼に見つめられているせいなのか。

「そう、そのまま加速してのぼりつめろ」

カレルはデッサンに集中している。彼がそれに没頭すればするほど、少しずつ蒼史の皮膚の感覚も尖ってくる。耳には、鉛筆が紙に触れる音。毛穴、いや、その奥に潜む血管や骨まで視線に捉えられ、暴かれていくような感覚。

その時、ふっとさっき感じた、魂を彼の手に写しとられている感覚を思い出した。

神の祝福をうけた芸術家。彼の手が自分を残してくれるのだと思うと、さーっと羞恥が身体から抜け、そのまま彼の意識が心の奥に入りこんでいくような感覚を抱いた。

潮が静かに引くように、さっきまで荒れていた心の波がゆるやかに凪《な》いでいく。

蒼史は目蓋を閉じ、静かに皮膚を撫でてみると、自分の指先がわずかに汗ばんでいたことに気づく。

しこり始めていた胸の粒を指で押しつぶす。すると自分の動きと同じように動く鉛筆の音を耳に感じた。動きを早くすれば彼も速まり、ゆったりとたゆたうように触れれば、彼の鉛筆の気配も静かな波のようにおだやかになる。

同じ、というわけではないが、どことなく共鳴している感覚。

『蒼史、おまえのどこもかしこも心地いい』

カレルはそう言って、蒼史の皮膚に唇を這わせてくることが多かった。

膝や踵《かかと》へのくちづけ。踝《くるぶし》への甘咬み。内腿への執拗な唇の愛撫。うなじは皮膚が引きつりそうなほど激しく吸われた。それだけで理性のたががはずれ、力が抜けて彼の愛撫にゆったりと身をゆだねてしまって、自分のなかの好きだという感情で精一杯彼を求めた。

少しずつ少しずつ、彼の鉛筆の音に誘われるように、二人で工房で過ごした狂おしい時間がよみがえる。

うるさいほど鳴く蟬の声。竹林をぬける緑を含んだ大気の匂い。濃厚に唇を重ね、舌を絡めあわせながら、それぞれの皮膚の感触を確かめ、身体の深いところをつなぎあわせていた。

——戻りたい、あの工房に。

甘美で幸せで切ない時間だった。あの頃は、それがどれほど貴重なのか知らず、ただ本能のまま貪りあっていた。

『感じた?』

こちらが恥ずかしがるのを知っていて訊いてくるカレルが憎らしかった。けれどそんなところさえ大好きで仕方なかった。なぜなら恥ずかしさに唇を噛み、それでもウンとうなずくと、彼がうれしそうに皮膚のあちこちにキスをしてくるから。

ますます身体が昂《たかぶ》り、感じている顔を見られまいと身を硬くしてうつむいていると、彼にはそれが新鮮に思えるらしく、少しうれしそうな揶揄が耳に落ちる。

『照れるな、もっといろんな顔を見せろ』

そう言ってきゅっと胸の粒をつままれると、じんと下肢に熱がこもり、蒼史の中心は恥ずかしいほどの露を滴らせて内腿はぬるぬるになっていた。それに気づき、カレルの手がすっと足の間に滑りこんでくる。

『ぐしょぐしょだ。乳首さわったくらいで、なんでこんなになっちゃうわけ?』

『言わないで……』

それ以上言葉にされたくなくて、その唇をふさいで彼の背に腕をまわす。すると膝をかかえて、足の間に彼が挿りこんでくる。硬い切っ先がずるりと皮膚をめくりながら、狭い肉の環を押しひろげながら内部を埋め尽くしていく。

とくとくと肉塊が脈打ち、じかに粘膜を刺激されるうちにむず痒《がゆ》さが広がり、いてもたってもいられなくなって腰をよじってしまう。するとその動きにあわせるかのように、彼が腰骨を摑んで奥を突いてくる。

『う……ぅっ』

ぐぅっと内臓を押しあげるように彼の肉棒が体内を圧迫していく。そのまま腰を打ちつけるように穿《うが》たれ、自分のなかで彼が激しく暴走していくのが心地よくて仕方なかった。

『あ……あぁ……カレル』

けれど、もっとよかったのは、そうした激しい行為ではない。

情欲を吐き出し、たがいに寄りそって倦怠のままにまどろんでいた時間だ。

あの時、肉体をつなぎあわせる以上の快楽を知った。

それぞれの皮膚が触れあうことから芽生える悦楽。カレルは蒼史の全身をくまなく掌でさすりながら、そっと耳やうなじにくちづけしてくることがあった。

そのまま彼の唇や指の動きを感じながら眠りにつく――その時間が大好きだった。

――そうだ、あの時……カレルはこんなふうにして……ここを。

過去の記憶を縒《よ》りあわせ、胸の粒を愛撫し、もう一方の手を下肢に伸ばしてみる。

なんの反応も示していないそれは、しかし指先がやってくるのを待ちうけていたかのように、先端を淡く湿らせていた。根元を掴み、指で先端を撫でていく。

「……ふ……」

やわらかだったそこが、過去を思い出すごとに蜜をこぼしながら、次第に硬く変化していく。亀頭の先の、感じやすい窪みをぎゅっと押し、指の先を喰いこませていった。

「ん……っ」

たまらない快感――。指先が粘り気のある露に濡れ、じわじわと甘美な気配が皮膚の奥に灯り、蒼史は甘い吐息を漏らした。

「…あ……っ…」

彼の熱い視線が肌に突き刺さり、身体がゆっくりと芯から蕩《とろ》けていく。いつしかそこが快楽を求めて尖り始め、下腹に妖しい感覚が広がる。

「もう少し激しく」

「ん……っ」

少しずつ募るなやましい感覚。今や蒼史は快感だけを追う生き物になっている。

「……あ……っ……は……っ」

吐く息が熱くなってくる。とろとろと先端からにじむ雫を指に絡め、淫《みだ》らな音を立てて快感を紡ぎだしていく。波に身体を揺さぶられるように、先端の窪みから滴る蜜を浴びて蒼史の指

はいつしかしたたかに濡れている。

「ふ……ん……っ……」

もはや止めようがないほど昂った下肢。肌は汗ばみ、内腿が痙攣《けいれん》している。

高みに昇りつめそうで怖い。

「あ……ぁ…お願い……もう恥ずかしい……もう…こんな」

たまらない。どんどん身体に熱が溜まっていく。このまま力をぬき、悶絶《もんぜつ》しそうな快感に身をゆだねてしまいたい。

「そうだ、一気に達け」

身体が昇りつめる。甘い熱が身体の内側にこもり、それが絶頂にむかって加熱していく。

カレルに貫かれた時のように、激しく狂おしく。

彼との情交はとても心地よかった。そのまま自分がどうにかなってしまいそうで、あまりの快楽が怖くて泣いてしまったこともあった。

今、自分はあの時のようにカレルの腕に抱かれている。彼の楔《くさび》を体内に呑みこみ、腰を揺さぶられ、何度も何度も突きあげられながら、二人で絶頂にむかって疾走している。

そんな錯覚に囚われた瞬間――――。

「ん……あ……あぁ――――っ!」

かすれた甘い悲鳴をあげ、蒼史は自分の手のなかに欲望を吐き出した。

「……あ……っ」

指のすきまから滴り落ちていく、とろりとした熱い雫。

あまりの愉悦に腹部や腿の皮膚が痙攣したように波打っている。放心したようにベッドヘッドに背をあずけ、蒼史はシーツを濡らす自分の白濁を見下ろした。

はあはあ…と肩で息を吐く蒼史の横顔をなおも冷静にデッサンをしたカレルは、ぱたんとスケッチブックを閉じた。

「今日はここまでだ。続きは明日」

カレルは立ちあがり、扉を閉めて部屋から出ていった。

階段をのぼっていく音がしたあと、二階から靴音のようなものが聞こえてきた。

きっと私室に行ったのだろう。いつしか外は夕暮れに包まれ、薄暗い部屋に沈黙が落ちる。

最初は恥ずかしくてどうしようもなかったのに、最後はカレルとの甘美な秘事を追体験しているような感覚に囚われ、異様な興奮と快感に頭が沸騰《ふっとう》した。

自分のしたことは少しでも彼の役にたっているのだろうか。

蒼史は力が抜けたようにベッドサイドの壁にしなだれかかり、頬をあずけた。

冷たいコンクリートの感触が火照った皮膚に心地いい。激しいけだるさが身体を襲い、動く気になれなかった。蒼史は目蓋を閉じ、大きく息を吐いた。

4　形あるもの

それから——ふらふらとシャワーを浴びて、なだれこむようにベッドに入ってぐっすりと眠ってしまったらしい。

気がついたのは夜半過ぎだった。頭痛がする。それに視界が薄ぼんやりとしてあたりがよく見えない。

「……そうだ……薬……」

這うようにベッドから下り、蒼史はコートのポケットを探った。

荷物はカレルにあずけたが、薬と携帯電話だけはコートに入れてある。

「……のまないと……」

医師から処方された薬は一カ月分もない。医師からもらった時間は一週間。少し余分に二週間分の薬を処方してもらった。

ここにいる間はなんとか症状を抑えておくために一日分の量を半分に減らそうと思った。

冷蔵庫にあったミネラルウォーターで薬をのむと、少しずつこめかみの疼きが消え、まだ輪郭はぼんやりとはしているが視界の明度が戻ってきた。

——どうかこの状態を保つことができますように。これ以上、進行しませんように。

携帯電話の電源を入れると、医師からのメールが届いてていた。

『北海道には無事に到着したか？　身体の具合について報告をすること。何かあったらすぐに救急車を呼び、近くにある病院に行くように。札幌《さっぽろ》の大学病院に優秀な脳外科医が二人いるので、もしもの時はそこに運んでもらうように頼みなさい』

蒼史は苦笑した。

携帯電話のメールを使って毎日体調を報告することと、絶対に無理をしないことを条件に旅行の許可をもらったが、医師には海外に行くとは伝えていない。

チェコに行くといえば、絶対に許可してもらえなかっただろう。

蒼史は簡単な返信メールを打った。

——今のところ問題はありません。視界も良好ですし、耳鳴りもしません。嘔吐も目眩《めまい》もありません。ご安心ください。

送信ボタンを押し、蒼史は指先で自分の顔の筋肉を押してみた。少し疲れているだけで、視界も暗くなっていないし、耳に入ってくる音もとてもはっきりしている。

まだ大丈夫、まだとても元気だ。一カ月でどうこうなってしまうようには思えない。きっと大丈夫。気力でこの状態を保ってみせる。

蒼史は己にそう言い聞かせた。どうかこのまま一カ月をやり過ごせますようにと祈りながら。

「――――起きろ。いつまで寝ている」

その声にうながされて目覚めると、粘土だらけの手を止め、カレルがくいと顎で部屋の中央を示す。

白いガウンをつけたまま、椅子に座り、彼の仕事につきあう。

あれから一週間が過ぎていた。

同じような毎日が続いている。一日、二人でアトリエにこもってカレルのモデルをつとめる日々。会話をするわけではなく、ただ淡々と過ごすだけの時間だった。

デッサンを終えたカレルは、蒼史をモデルに彫塑をし始めた。

「このほうが身体のラインが綺麗に見える」

カーテンを閉ざして部屋を暗くすることで、蒼史の身体のラインを影絵のように切りとって確かめる。かと思えば、ただじっと座ったままの姿勢で顔の輪郭だけを確認していく。

「こっちむいて」

顎を摑まれ、むきを変えられたり、首をかたむけさせられたり。

「今日も熱っぽい。それに顔色もよくない。風邪でもひいたのか？」

蒼史の腕の形を確認しようと手を摑み、カレルがふと眉をひそめる。

「ごめん、まだ時差ボケがひどくてうまく眠れないせいだと思う。自分では全然気にならないくらい元気なんだけど」

明るく笑って言った蒼史に、カレルはふっと鼻先で嗤う。

「寝不足なら仕方ない。おまえが大丈夫だと言うなら続きをやる」

「ああ、平気」

蒼史は笑みをうかべ、椅子に座りなおした。ごまかしているつもりだが、薬の量を減らしているせいで少しずつ身体に影響が出ていることは否めない。

実際、日ごとに耳鳴りは激しくなってきているし、目眩や一時的な滅視状態、それに嘔吐に襲われることもしばしばだ。

見えない状態が増えるということは、自分の肉体の限界が迫っているということだ。

しかしここにいると、日本の病院で過ごしていた時のような暗澹《あんたん》たる気持ちになることはなかった。

彼がこの時間をどう思っているのかわからないが、彼とともに一日を過ごすことが自分にとっては大きな悦びだから。

窓からの光しかない、真っ白な、どこか荒涼としたアトリエ。

これがなんのための時間かはわからない。けれど徐々にいろんなものが失われていく自分にとっては、この時間がとても神聖な時間に思えた。

一秒ごとに失われていく自分。一秒ごとに彼の手で創られていく自分。

この行為は彼に魂を移し替えられる儀式なのだと感じた。

そう思ううちに、ずっと自分を襲っていた正体のない不安が少しずつ消えていく。

病気になってからずっと内側から闇に喰い殺されそうになる不安を感じていた。でも今はそれが消えている。

彼の手が自分をスケッチし、粘土で型を創り、ブロンズ像や大理石像を創る。まだ曖昧な輪郭しか削られていない大理石にノミを打ち、微細な部分を彫刻刀で削っていく。ぱらぱらと床に落ちていく大理石の欠片。目蓋を閉じ、その振動を確かめるのがとても好きだ。

窓の外では、今日も数百年前から変わらない鐘の音が鳴り響いている。

あれは時を告げる鐘だろうか。それとも弔《とむら》いの音なのか。

四角く切りとられた二人だけの真っ白な空間で、自分の魂が大理石に吸いこまれ、本物の亡骸になる弔いの鐘のようだ。

一日ごとに自分が削りとられる感覚。カレルの指に皮膚や細胞を切りとられ、硬い像の奥に封じこめられるような錯覚。

――こんなふうに感じるなんて……やはりおれはだんだんと壊れているんだろうか。

そうして夕刻まで蒼史をモデルにして作業を続け、カレルは手を止めた。

「今日はここまででいい。これからあとは、オレひとりで集中する」

「……うん」

「そうだ、窓、冷えてきたからカーテンを閉めてくれ」

カレルがふと蒼史の後ろの窓を顎で示した。

「あ、ああ」

はっとして蒼史は立ちあがり、何体かの彫刻の間を通りぬけ、窓にむかった。

カーテンを摑もうとしたその時、ふいに激しい目眩が身体を襲い、ふらついた時に足もとにあった小さな椅子が膝にあたった。

ころころと転がった椅子がテーブルの脚にぶつかって止まる。

「あ……っ！」

とっさに壁に手をつこうとしたが、距離がわからず、がくんと床に膝をついてしまう。

「どうした？」

カレルが彫塑の手を止めてふりむく。

「ごめん、ちょっとぼんやりしていて椅子を蹴飛ばしただけ。その時、膝を打って」

「具合が悪いなら、ちゃんと言え。顔色もひどく悪い。医者を呼ぼうか」

立ちあがり、カレルが蒼史に手を伸ばしてくる。

「いいから、おれにさわらないで」

とっさにその手からのがれようと、蒼史は座ったままあとずさる。医者なんてとんでもない。病気のことがバレたら最後、もうここにいられない。

「だけど、かなり調子が悪いだろう。ずいぶん痩せたし。とにかく医者に……」

「いいって言ってるだろ！　カレルはそれより仕事をしろよ」

なおも伸ばされたカレルの手を払い、蒼史はいつになく強い口調で返した。ちっと舌打ちをし、カレルがため息を吐く。

「わかったよ、好きにしろ」

蒼史のあまりの頑固さにあきれたように背をむけ、カレルは再び粘土を掴んだ。

——よかった……まだここにいられる。

しかし蒼史の目には視界がぐらぐらと揺れて見える。まだ視界が揺れている。目眩が止まらない。

「……っ」

床に膝を落としたまま、蒼史は衝きあがる嘔吐感に耐えた。遠心力をもった力に振りまわされているような感覚に意識が遠ざかってしまいそうだ。

薬……薬をのみたい。でも……このくらいの目眩でいちいちのんでいたら、半月もしないうちになくなってしまう。

――とにかくカーテンを閉めないと。

憑《つ》かれたように手を動かし、蒼史は必死ですがるものを求めてカーテンを掴み閉じた。

「……っ」

そのまま蒼史はうずくまった。

――神さま、助けて。ここにいる間は、どうかこれ以上進行させないで。

あとはどうなってもいいから。カレルといる時間だけはどうか。祈りながらうずくまっているると、願いが通じたのか、少しずつ目眩がおさまってきた。

――よかった。視界のぶれが治った。

蒼史はホッと息をついた。カレルはこちらの状態に気づくこともなく、アトリエの真ん中で彫塑に集中している。カレルが粘土で創っているのは、蒼史をモデルにした胸像だ。大理石で本物を創る前の模型のようなものらしい。

まだ輪郭しかできあがっていないが、彼の手がそこで別の自分を創っていると思うと、不思議な気持ちになってきた。ここにいる自分は壊れていこうとしているのに、あそこでは神の手によって新たな自分が創られていく。ふっと笑みをうかべた時、蒼史はテーブルの上にカレルのスケッチブックが置いてあることに気づいた。

ページが開いたままの状態になっていて、カレルのデッサンを見ることができる。

――見たい。視力が確かな今のうちに。

蒼史はちらりとカレルの背を見た。

大丈夫だ。彼は仕事に夢中になっている。少しくらいスケッチブックを見ても気づかれる心配はない。どうせ彼は自分の存在に目もくれていないのだから。

蒼史はそっとスケッチブックに手を伸ばした。そこには、先日、彼の前で自慰をした時の自分が描かれていた。一瞬恥ずかしさをおぼえたが、それよりも描かれたデッサンに興味をいだき、蒼史は静かにページをめくっていった。

あれは不思議な儀式のような行為だった。

初めのうちは辱められているのだと思ったが、彼の目が真剣に自分を捉え、この身の内側の何かを暴こうとしていると気づいたあとは羞恥が消えて……。

——あの時、カレルの目にはおれがこんなふうに映っていたのか。

淫らな表情。陶然としている顔。甘い吐息を漏らしていた濡れた唇。あとは胸に触れていた指先の淫靡な動き。血管の浮き出た手の甲。

そして最後は、達く時の、蒼史の膝から下のデッサンがあった。

快感をきわめ、シーツを搔く踵。絶頂を迎えたその時の、ふるふると痙攣して反っている足の指。最後のページには、しどけなく開いた腿の内側に落ちている蒼史の掌。

指のすきまから流れ出た蜜が腿を濡らし、筋肉の流れに沿ってシーツに下りていくさまが見事にデッサンされていた。

このうえもなく淫らな姿を描かれたのに、不思議と羞恥や惨めな気持ちはなかった。初めてだったから。彼が自分を描いた絵を見るのは。

彼のタッチはその冷たそうな美貌とは異なり、どこまでもやわらかで優しい。

そんなふうに描かれていると、そこにいる自分がとても幸せに思えてうれしくなる。

——これがおれの足、おれの手、おれの顔。おれの形……。

蒼史は淡く微笑し、指先で自分の絵をなぞってみた。

償いのために、ここに連れてこられた。けれどこれは自分にとって、このうえもなく幸福なことなのかもしれない。そう思った。

もうすぐ崩れるかもしれないこの顔と身体。もしかすると、この世から消えてしまうかもしれない自分。カレルは何も知らないまま、自分をこの世に残す行為をしてくれているのだ。そう考えると、ここにきてモデルをしていることがすべて運命的なことに思えた。

蒼史は壁に背をあずけたまま、カレルが仕事に励む姿を見つめた。本物の自分はここにいて、スケッチブックに写しとられたあと、あそこであういうふうに形にされていく。

とても奇妙だが、とても愛しい時間。これを至福というのかもしれない。

◇◇◇

「くそ……どうしてなんだ」

どんなに努力しても、自分の創りたいものを形として生み出すことができない。

部屋のすみには、ロンドンやパリの広場のモニュメントのためにと依頼されていた石膏の巨大な彫像が数体。この鋳型をとり鋳造すれば、何体ものブロンズ像ができあがる。

こんなふうにほかの仕事は滞りなく仕上がったというのに、どうしても蒼史をモデルにした胸像はうまくできない。彫刻台の上に粘土像を置き、肉付けしては刻み、壊してはまた肉付けしてまた刻むということをもうどのくらい続けているのか。

これでだいたいの形を創ったあと、大理石で石彫作業にかかろうと思っているのだが。

——畜生……どうして……。

カレルは椅子に座る蒼史を恨めしげに見た。

今日もまた朝から蒼史を目の前に座らせ、彫塑を創っていた。

だが、途中まではうまくいってもどうにも納得のいくものが創れないのだ。

「こっちむいて」

モデルをしている間、彼はカレルの意のままだ。

首をかたむけさせようと手で後頭部を包むと、力をいれた方向に自然と頭を動かしてくれる。

腕を少しもちあげようとすれば、マリオネットのように余計な力をいれず思いどおりの場所まで腕をあげてくれる。

最初はとまどいや羞恥を顔にうかべていたが、この頃では表情を変えず、ただ言われるままに動いている。じっとしていろと言えばじっとしたまま。肉体的に辛いのではないかと思うような状態でも淡々と。

彼が何を求めているのか、何を考えているのかわからない。

だから彼の目が見えない。死体のような胸像ならいくらでも創りあげることができるのに。

「畜生……」

粘土の顎を右手で掴み、左手にナイフをもって克明に蒼史の顔の構造を創りながらもどうしても彼の眸のイメージをうまく掴むことができなかった。

「——一時間ほど休憩しようか」

数時間が過ぎ、カレルは濡れたタオルで手をぬぐった。

「水、飲んでくる」

ふらりと立ちあがり、蒼史が部屋の片隅にあるキッチンスペースにむかう。

ずいぶん痩せた。生気もない。再会した時から思っていたが、ここにきてさらに状態はひどくなったように思う。

モデルとして座っている時もふいに気分が悪そうにしていることもあれば、こちらの話がまともに耳に入っていないような時もある。何より彼に自分が見えていないのではないかという気がする時がある。

——どこか具合が悪いのだろうか。

カレルが内心で首をかしげたその時、ガシャンと硝子の割れる音がした。

ふりむいた目の前で、ゆっくりと蒼史の身体が床に崩《くず》れていく。

「……っ！」

真っ白な石膏や大理石のクズが雪のように積もったコンクリートの床に、糸の切れたマリオネットの蒼史の身体がゆっくりと落ちていく。それは、まるでスローモーション映像で見る幻想的な人形劇を思わせた。

——蒼史……。

細い指先がすがるものを失って落ち、支える芯を失った美しい身体がふわりと石膏や大理石の雪に包まれる。

刹那、カレルは瞠目《どうもく》し、彼の身体の糸が切れていくさまに見入っていた。しかしその身体が床に落ちた瞬間、カレルははっと我にかえった。

「蒼史！」

カレルは彫像の間を縫うようにして、駆けよった。ぐったりと床に倒れ伏したその身体を起こして背に腕をまわす。

青い顔をしている。呼吸をするだけでも苦しそうだ。額に触れると恐ろしいほどの高熱が伝わってきた。

インフルエンザ？　肺炎？　いや、違う。得体の知れない闇のようなものが蒼史を引きずりこもうとしている気がした。病気なのか。それとも単なる疲労か。

「ごめん、ちょっとだけ睡眠不足で」

「寝ていろ。さあ、ベッドに」

しかしカレルの腕を押しのけ、蒼史は壁に手をついて立ちあがろうとした。

「でももう大丈夫。だから…制作の続きを」

「何を言ってるんだ。この熱で」

カレルは蒼史の肩に手をかけた。けれど頑として彼は首を左右に振って従わない。

「熱はたいしたことない。それより、早く続きを……時間がないだろ」

カレルに背をむけ、蒼史はおぼつかない足取りでさっきまで座っていた椅子へと進んでいこうとしていた。

苦しそうに喘ぎながら、瞬きもせず大きな黒い双眸でまっすぐ前を見て。

——どうして……そこまで。

ある種、異様ともいえる鬼気迫る様子に、カレルは背筋に寒気を感じた。

「いいかげんにするんだ、蒼史」

その頬を掌でパンとはたく。蒼史ははっとした顔でカレルを見あげた。

「でも……おれは」

「いいから、おまえは休んでろ」

カレルはその身体を抱きあげた。

「カレル……っ」

蒼史の身体はするりと腕から落ちてしまいそうなほど細い。

――こんなに軽くなっていたのか。

なぜか胸の奥が痛くなった。蒼史をベッドに横たわらせ、カレルはその額に冷たいタオルを置いた。

「薬……解熱剤しかないけど」

ベッドに腰を下ろし、カレルは蒼史の背に腕をまわして薬をのませた。

「すまない……君の手……わずらわせて……」

くたりと力が抜けたようにベッドに身を沈める蒼史。

「いいから、寝な」

「ごめん……本当にごめん……」

目蓋を閉じる蒼史の姿はひどく弱々しい。その時、彼の手が自分の手首を摑もうとし、すんでであきらめるのが目に入った。

――蒼史……?

カレルはそっとその指先に手を伸ばし、きゅっとにぎりしめてみた。するとかすかにだが、彼の口もとにうっすらと笑みがうかび、密生する睫毛のすきまに光るものがあった。

どうしてこんなことくらいで泣いたりするのだろう。何も感じていないように見えて、実はここにきてからの生活に彼はひどいストレスを感じていたのだろうか。

――オレの……せいか？

自分が憎しみをぶつけたせいで、こんなふうに弱らせてしまったのだろうか。

蒼史の頬にそっとカレルは手を添えた。

小さくなった頬。今にも空気に溶けてしまいそうな儚さ。肌は血管が透けるほど青白く、首筋は折れそうなほど細い。

カレルはやるせない気持ちで蒼史を見下ろした。すると。

「ごめん……カレル……本当に……ごめん……ごめん……ごめん」

消えそうなほど小さな声のうわごと。眠りながらも謝る彼の態度が痛々しい。

初めての異国にひとりぼっち。慣れない場所での生活はそれでなくても不安も多いところに、憎いだの復讐させろだのと言われ、参ってしまわない人間がいるわけはない。

――謝るのはオレのほう……か。

四年前のことはともかく、現在、異邦人に対して自分がひどい仕打ちをしているのは事実だ。

たとえ相手の打算が見えたからといって、自分の行動はとても残酷だったように思う。

自分が振られたからといって、人間性まで否定するような態度をとったりして、なんて最低の行為をしてしまったのだろう。

日本に留学していた時、蒼史はこのうえもなく親切にしてくれた。下宿の道案内がわかりにくいからと、わざわざ車を出してくれた。自由に使える窯元を見つけてほしいとたのんだ時は、祖父にかけあって、自宅の窯と工房を開放してくれた。

わからない日本語があると丁寧に説明してくれ、京焼の技法でわからないことがあったら徹夜をしても教えてくれた。

どんな時も笑顔で対応してくれ、こちらが驚くほど優しくて、懸命によくしてくれる姿がいじらしかった。日本でできるだけ生活しやすいように、いい作品が創れるようにと細やかに配慮をしてくれる彼のさりげない思いやりにどれほど感謝したことか。

——それなのに……オレは……自分の国にきてくれた蒼史に対してひどいことをしている。わざわざプラハまできてくれたのに。

ああ、こんな情けない男だから蒼史に振られたのだと、改めて実感した。

心が狭くて、思いやりがなくて、自分勝手。蒼史に振られたのは、自分にそれだけの魅力がなかったからだ。もともと自己中心的で生意気なところがあり、他人にもすぐに打ち解けてもらえるタイプではない。

風変わりな芸術家として敬遠されがちな性格をしていることは自覚している。そんな自分に蒼史がついてきてくれると思ったこと自体、傲慢だったのかもしれない。

たとえ振られたからといっても、四年前、自分が蒼史を好きだった気持ちに変わりはない。

そのあと、しばらく彫刻ができなくなってしまうほど、自分は蒼史を好きになっていた。

惚れられていたと勘違いしていたが、惚れていたのは自分のほう。愛しくて愛しくて。

それなのに腹いせのように、こんなに弱るまで冷たい態度をとってしまうなんて。

――オレは最低だ。

激しい後悔をおぼえ、カレルはこぶしで壁を叩いた。


その翌日、まだ少し熱は残っていたが、昨日よりは蒼史の顔色はよくなっていた。

しかし何か心に深い悩みでもあるのか、蒼史はうわごとをくり返しながら、ベッドで苦しそうにしていた。

「ダメ……母さん……ダメ……カレル……傷つけたら……ダメ……大事な……手……」

なんの夢を見ているのか。ここでの生活のストレスのせいなのか。

「しっかりしろ。大丈夫か」

そう言って頬に手を伸ばすと、蒼史はハッと驚いたように目を覚ました。そして目の前にいるカレルをしみじみと見つめたあと、ホッとしたように淡くほほえんだ。

「よかった、無事だった」

「無事？　オレが？」

問いかけると、蒼史はまたハッとしたようにうつむき、かぶりを振る。

「モデル……しないと。今……起きるから」

「いい、まだ休んでろ」

すぐにモデルの仕事に戻ろうとする蒼史をカレルは苦笑して止めた。

「ここで眠っているおまえをデッサンしてるから」

スケッチブックを開き、淡々とデッサンを始めると、蒼史は安心したように目蓋を閉じる。

長い睫毛、青白い目蓋、こけた頬、血の気のない唇。弱りきっている彼を見ていると、どうしようもない。

そしてとり戻したいと思う。かつて自分が愛しいと思った頬の稜線や官能を誘発された艶やかな唇の生き生きとした美しさを。

――昔は本気でおまえが好きだった。いや……昔だけじゃない。この国に帰ってからも、おまえのように愛しく思える人間はいなかった。

カレルは息を殺し、じっと蒼史の寝顔を見つめた。

今の自分は、やはりこの男に惹かれているのだろうか。そんなことを考えながら見下ろしているとチリ…と胸の奥が焦げつきそうになる。

きっと自分はまだ完全にこの男への想いを振っきれていない。

愛や恋という感情ではないはずだが、身体の底で燻《くすぶ》っていた燠火《おきび》に臓腑を灼《や》かれるような気がして苦しくなってくる。

カレルはその頬に手を添え、ゆっくりと蒼史に顔を近づけていった。

自分が四年前のことを振っきっているのか否か、それを確認するかのように。

「……っ」

そっと唇をすりよせると、なつかしい吐息の感触がした。

この唇。かつてほしいままに貪り、自分のものだと思って疑いもしなかった唇。だが、その心は自分にむけられていなかった……。

「ん……っ」

うっすらと蒼史が目蓋を開く。

「カレ……ル?」

「眠ってろ、これは夢だから」

彼の目蓋を手で覆い、カレルは蒼史の息を吸いこむようにその唇を食み、口内へと侵入させた。なつかしい唇。なつかしい口腔。舌を巻きとり、絡ませ、狂おしいままにあたたかな口内を探っていく。

「ん……ふ……っ」

胸を喘がせ、蒼史が苦しそうに爪でシーツを掻く。

オレは弱っている病人を相手に何をしている——と自嘲しながらも、彼が熱に朦朧としている今だからこそ、その唇を侵してもいい気がして熱っぽく唇を押しつけていた。


蒼史が倒れた日から何日かが過ぎた。

彼が眠っている間、カレルはアトリエにこもり、大理石に蒼史の顔を彫り始めていた。

もともと記憶だけでもほぼ完璧な彼の胸像を創ることができるのだから、目の前に彼がいるだけで十二分に作品を仕上げることは可能だった。

今は蒼史の体調はだいぶよくなったようだ。だが、彼がただの過労で倒れたのではないことに気づいている。

時折、蒼史はカレルの目を盗んで薬をのんでいる。彼のベッドの下に落ちていた錠剤。一体、なんの薬なのか問いただそうかと思ったが、彼が隠れてのんでいることに不審をおぼえてできなかった。問題のない薬なら、堂々とのめばいい。だが蒼史はこっそりとそれを服用している。非合法な薬物の一種だと想像しても不思議はないだろう。

どうしようかと悩んだ末に、ベルリンにいる義兄に連絡をとった。

そして錠剤と空のケースを送るので、成分を調べて欲しいとたのんでみた。

『なんのための薬なのか知りたいだけだ。麻薬かもしれない』

『カレル、面倒なことをたのんでくるな。おれの専門は小児科だぞ』

義兄は低く声を曇らせた。

『いいじゃないか。薬剤師とつきあってること知ってるんだぜ。違法ドラッグではないことがわかればそれでいいんだ。秘密裏に調べてくれ』

蒼史の目が見えていないような気がすること。時折、見せる奇妙な様子。ふいに幸せそうな顔で自分を見ていたかと思うと、泣きそうな顔をする。

体調も気にせず鬼気迫るような態度でモデルをしようとしたこともあった。かと思えば、魂の抜けたマリオネットのようにぼんやりとしていることも。何か危険な薬物に彼が依存しているようにしか思えない。

『たのむ。至急、調べてくれ。できたらクリスマスまでに』

『仕方ないな、かわいい義弟のたのみだし、調べてはみるが……あまり厄介なことに巻きこまれるなよ』

義兄はそう言ってカレルのたのみを聞きいれてくれた。

その翌日――昨日あたりから蒼史は少しずつ調子をとり戻していった。そして今日、蒼史がベッドで起きあがれるようになり、快気祝いにとカレルは手料理を用意した。

「ごめんね。迷惑をかけたけど、もうすっかりいいから。明日からは仕事に……」

「気にすんな。これまでの分をもとにほぼ八割がたは完成させたから」

残っているのは、目と唇だけ。自分にとって一番の課題——蒼史の目。

カレルはじっと蒼史の双眸を見た。けれど、視線が合うと蒼史はするりと目線をずらした。

「それ……チェコの料理？」

そして皿の料理をめずらしそうに見つめてくる。

「ああ、オレが作った」

その言葉に、ぱっと蒼史の表情が明るくなる。

「すごい、カレル、器用だから何でもできるんだ」

「ああ。残念ながら和食は作れないから、元気になったら市内の店に連れてってやるよ」

「和食、和食の店がプラハにあるの？」

「味は保証しないぜ。チェコの人間がやっている怪しげな日本食料理店だ」

「怪しげ？」

「そう、パスタで作ったうどんと鮭の寿司と餃子のセットを、ジャパニーズ・ポピュラー・ディッシュと書いてメニューに入れている」

一瞬、きょとんとしたあと、蒼史はふっと笑った。

ほんの軽くではあったが、作った微笑ではなく、ここにきて初めて彼が本当に楽しそうに笑った気がして胸が熱くなった。

「笑えよ、もっと」

「え……」

「……だから、今みたいに、笑えよ。そのほうがいいから」

カレルは照れくささを隠すようにぶっきらぼうに吐き捨てた。

「……あ、うん」

ちらりと上目遣いでこちらを見る蒼史から視線をずらし、カレルはトレーの上に乱暴に料理を並べていった。

「さあ、食え。パンだ」

ベッドサイドに座り、無造作にこぶし大の白い塊をちぎって蒼史に差し出す。

「こんなパン初めて見る」

「これはクネドリーキといって、小麦をこねて茹《ゆ》でたチェコのご飯だ」

ちぎったパンに苺のジャムを載せて、蒼史の唇のすきまにねじこむ。

「ん……ぐ……っ……カレ……ちょっ……」

肩をすくめて蒼史が困惑している。恥ずかしがっているせいか、生気のなかった頬がほんのりと赤らみ、それだけで無性に安心してしまう自分がいた。

「蒼史、これはグラーシュといってチェコの最も一般的な煮込み料理だ。添えてあるこのポテトのパンケーキは、おまえの好みの味だと思う」

ナイフの先をくるりとまわし、カレルは表面に焦げ目のついたジャガイモのパンケーキを切ると、そのままフォークでグサッと突き刺してシチューを絡め蒼史の口の前に突き出してやった。

「食べるの?」

ああ、とうなずくと、蒼史はうっすらと唇を開いた。そのままやわらかなパンケーキの切れ端を口内に押しこんでやる。パンケーキから染み出たシチューが彼の唇を濡らしていった。

「っ……おいしい」

幸せそうにほほえむ蒼史の笑顔。彼がようやく元気になってきたとカレルはホッと胸を撫で下ろしていた。

やはり自分はこいつのことがまだ好きらしい。

もっとこんな顔をさせたい、もっと何か喜ぶようなものを作ってやりたい。そんな衝動が湧いてくる。償えと言って蒼史を連れてきながら、それとは相反する感情が募っていくのをカレルは止められないでいた。


そしてまた彼をモデルに彫像を創る日が始まった。

熱が引き、いったん元気になった蒼史だが、顔色は青ざめたまま、表情もぼんやりと虚ろにしている時が多い。

病気なのか、何かの薬物に依存しているのかわからない。

大丈夫なのか――と訊いても、睡眠不足としか返ってこないので、義兄に頼んだ薬の分析結果が出るのを待つことにしていた。

「――もうすぐクリスマスだが、日本のクリスマスは家族と過ごすより恋人と過ごすほうが多いというのは本当か？」

カレルはコーヒーを淹れ、蒼史にカップを手渡した。

「うん、おれくらいの年齢の人間は、家族とはあまり過ごさないね」

ふーふーと息を吹きかけてコーヒーを飲む癖。熱いものが苦手な蒼史は日本にいる時、いつもそんなふうにしてお茶を飲んでいた。

そんな仕草が愛らしくてじっと横顔を見ていることが多かった。

「カレル……今……恋人は？」

「オレは誰かとつきあったことはない」

「じゃあ、誰ともつきあってなかったの？」

「ああ」

自分が人生において欲しいと思ったのは、後にも先にも蒼史だけだった。ベルリンの美術高校を出たあと、自分の生まれた街プラハに戻り、美術大学に進学した。

入学してすぐに、ウィーンでの学生美術コンクールで優勝し、早熟の天才として注目された。この風貌が評判に拍車をかけ、依頼や注文が殺到し、だんだん自分がどんなものを創りたいのかわからなくなっていった。

まだ自分は二十歳にもなっていない学生なのに、今からこんな仕事の仕方をしていてはダメになってしまう。環境を変えないと。誰も自分を知らない場所に行き、もっと貪欲に多くのことを吸収しなければ。

そんな焦りを感じていた時、図書館でめずらしい日本の大学の資料を発見した。

そこに書かれていた案内文が印象的だった。

『陶芸家の家に生まれながらも陶芸を創れるほどの才能はなく、それを形として表すことはできない。けれど、日本文化には自然と一体になって生命を宿したものが多く、無情の土のなかに生命を発見するような陶芸、樹木の生命を活かしてさらなる生命を創り出すような木工彫刻……そうした日本文化のすばらしさを伝えることができたらうれしいと思う。たとえば、日本には、西洋とは違い、あらゆる自然にも生命が宿り、そこに情があるといわれていて、そうした感覚は、能楽の「芭蕉《ばしょう》」などでも描かれ……』

つまり自然と無機物と人間とあらゆるものが一体となって生命世界が成り立ち、また、たゆむことなく流転しているというようなことが書かれていて、日本という国、日本の文化に興味をもつようになった。

そして日本に行こうと決意し、日本語を勉強して留学した。そこで蒼史と出会い、彼から日本の陶芸を教わった。繊細な美貌をもち、植物のようなしなやかで瑞々しい生命力を心の奥に潜めながらも、すべてをあきらめ、自ら何かを求めようとしない不思議な青年だった。

その一方、芸術において自分と同じ価値観、同じ目線をもつ蒼史と一緒にいると楽に呼吸ができ、自分の信じた道をまっすぐいけばいいという自信を得られた。

そして気づいた。蒼史に会うまで自分が誰も愛したことがなく、ひたすら己の芸術作品だけを愛していた事実に。蒼史に会って、初めて他人と触れあうことの悦びを知った。

——だから……自分でも知らないうちにオレは本気で蒼史を好きになっていた。

この手でその造形をあますところなく捉え、内側に秘められたものを暴いてみたいと思った相手は初めてだったから。

カレルは床に座ったままスケッチブックを手にとり、その横顔のデッサンをした。

「動くな。横顔を描くから」

コーヒーカップを床に置いた蒼史の姿を写しとっていく。

上半身の裸像を創っているので、いつでも裸になれるようにと、蒼史は細い裸体に白いシャツをまとっているだけ。

日本でこの男と身体の関係があったのはわずか数カ月間のことだった。

その間、ずっと確信していた。

彼はオレに惚れている。オレに惹かれている。オレの作品ごとオレを理解し、愛してくれるはずだ、と傲慢にも信じこんでいた。

だがそうではなかった。蒼史は決して自分のものにはならない。

愛してくれない。四年前も今もこんなにも自分の心を捉えておきながら。

「化け物……」

ふと漏らしたカレルの呟きに、蒼史が小首をかしげる。

「え……」

「いや、おまえももう二十七歳だろう。どう見ても二十歳くらいにしか見えない」

「たぶん、日本人は若く見えるから」

「なかでも……おまえは特に」

「うん、君より年下に見えるだろうな」

透明な笑顔。どうしてこんなに優しい笑みを見せるんだろう。自分と一緒にいるだけでこんなに幸せそうな顔をされると、彼が自分に気があるのではないかとまた勘違いしてしまう。だから。

「オレはおまえがさっぱりわからない」

カレルは独り言のように呟いた。オレはこの男の実体が摑めない。何を考え、何を求め、何をしたがっているのか。

だからこの男の胸像を完成できない。この男の目を創りあげることができない。再会した時よりも距離は近づいたのに、目を創ることができないのは、心がわからないからか。

せめて外の光で見たら、蒼史の目を確かめることができるだろうか。

――そうだ、外に出れば。

考えてみれば、プラハで再会してから、蒼史をこのアトリエに閉じこめたまま一歩も部屋の外に出していない。

一縷《いちる》の望みを託すような思いで、カレルは鉛筆を置いた。

「今日は例の日本食を食いに行こう。出かける準備をしろ」

立ちあがると、カレルは壁にかかっている彼の服を親指で示した。

「でも仕事は？」

蒼史がちらりと、彫刻台に視線をやる。

「今日は休みだ。オレもたまには休みをとりたい。玄関で待ってるから、用意しろ」

カレルは部屋を出て玄関へむかった。

そこから薄曇りに包まれたプラハの風景が見える。ゆるやかなボヘミア盆地、古い建物、街を横断する川モルダウ。この風景は、蒼史の自宅の工房から見る風景にとても似ていると思っていた。

四年前のことがあったので今日までこの窓からの風景をまともに見ることはなかったが、こうして見ると、似ている気もするし、そうでもないようにも思う。

——それにしても遅いな、蒼史は。また具合が悪くなったのだろうか。

案じてアトリエに戻ると、蒼史は扉に背をむけ、携帯電話で誰かと話していた。すでに出かける準備をしていた彼はコートをはおっている。ちょうどそこに電話がかかってきたのだろう。

「……ごめんなさい、おれ……帰れません」

誰と話しているのか、蒼史はひどく小声で、しかも早口で話していた。

「……そうしたいんです。ここに残りたいんです。約束を破ってすみませんが」

ずいぶん思いつめた顔で、蒼史は何を話しているのか。

戸口に立ち、カレルは息を潜めた。

「すべてが終わったら、必ず行きますから。そちらに戻り、もう二度とどこかに行きたいなんて言いません。わがままは口にしません。結局のところ、他におれの行く場所はないんです。ずっとそこにいますから……すべて任せますから」

恋人——？　それとも……友人か？

一体誰と話しているのだろう。どんな話をしているのか知りたい。

彼が電話を切ったのを確かめると、カレルはアトリエの扉を大きく開けた。

「――誰と話していた」

ふりむいた時の、蒼史の気まずそうな顔に、カレルは、やはりと確信した。

「オレに聞かれたら困る話か？」

「違う、そうじゃないけど」

とっさに蒼史は携帯電話をズボンのポケットにしまった。

「貸せ」

「君には関係のない人だから」

「おまえに帰国を迫ってた」

「海外にいるから心配しているだけだよ」

そう言うと、蒼史は何を思ったのか、椅子にのぼって高窓を開けると、携帯電話をぽんと外に投げた。

「待て、蒼史」

カレルは窓の外に視線をむけた。

すると彼の携帯電話が引力に負けてモルダウ川の支流に落ちていくのが見えた。

「どうして……そんなことを」

「今の人、前に別れた恋人で、しつこいから電話を捨てただけ」

「別れた恋人……だと？」

なんだろう、この感情は。

怒りとも苛立ちともいえない感情がカレルの内側にふつふつと湧き起こっている。

蒼史がどんなやつとつきあっていようと、自分とは関係のないことなのに。

「そいつが好きだったのか?」

蒼史の腕を摑んでその身体を揺する。

「君には関係ない」

「なら、どうして嘘をつく。そいつのところに帰ると言ってたくせに、そいつと別れたと言う。本当のことを言え」

「じゃあ、正直に言う。今の人も別にどうだっていいんだ。おれは誰も好きじゃないよ。昔から誰も愛したことはない。帰ると言わないとしつこいからそう言っただけだ」

投げやりな態度に、カレルは苛立ちをおぼえる。

——誰も愛したことはない。だからこの男はあっさりとオレを捨てたのだ。

愛したのはオレだけ。今もそうだ。惹かれているのはオレだけだ。

だめだ。過去を断ち切ったつもりでいたのに、堰《せき》を切ったように自分は蒼史を求めている。

蒼史が欲しい。この男の目を創りたい。

「誰も愛したことがないと言いながら、四年前、おまえは何度もオレの腕に抱かれたじゃないか、あんな声をあげて」

もはや理屈も何もない。自分でも何を言っているのかわからなかった。

「愛がなかったのはおたがいさまだろ」

冷たい男だ。おとなしくて内気で、一見、従順なくせに、最後の最後は他人をよせつけない氷の壁を持っている。

「いっそ……おまえを殺してやりたいよ」

「それなら、殺せば？」

蒼史はあきらめたような顔でほほえむ。わけがわからない。この男が何を考え、何を思ってここにいるのか。

「本気か」

殺されてもいいが、愛することはできない。命はくれるが、欲しいものはくれない。彼の拒絶の強さに心がかきむしられる。

「殺しはしない。生きたまま、ここに閉じこめるだけだ。一歩も外へ出さない」

カレルはアトリエに鍵をかけた。

「おまえはオレのマリオネットになると約束した。それならもっとオレの意のままに動いてみせろ」

カレルは乱暴に蒼史をテーブルに倒した。

「……っ」

驚きに開いた唇をふさぎ、強く唇を押しつける。

「ん……ま……待って……やめ……っ」

蒼史が腕からのがれようとする。よじれた身体を胸から押さえこみ、カレルはその背に体重をかけながら耳を嚙んだ。

「いや……ん……っ」

身体を左右に振り、蒼史は懸命に逃げようとする。その抵抗がカレルの憤りに火をつけた。どうしてそんなに抗う。昔は何をしても素直に従ったのに。それこそ為されるままに。

――あの電話の男のせいか。それとも。

己の激情の原因がわからないまま、カレルは蒼史の身体を組みしいていた。時を告げるプラハの教会の鐘がうるさいほど鳴り響く中――。

◇◇◇

「……ん……く……っ」

苦しい。ひっきりなしに鳴る教会の鐘が神経を刺激してどうにかなってしまいそうだ。

いや、苦しいのは憎しみをぶつけるようなカレルの激しい愛撫だ。

医師からの電話を昔の恋人からだと不自然に偽ったため、カレルを激昂させてしまった。

それからどのくらい責められているのか。

「あ……っ……っ」

テーブルに胸をあずけた姿勢で腰を掴まれ、今まさに後ろから貫かれようとしていた。

ろくに馴らさないままカレルが内側に入りこもうとする。しかし四年間、誰ともしていなかったそこはさすがに狭く窄まったままで、さらに身体も強ばっているため、容易に彼を受けいれられない。

「う……くぅっ…」

腰骨を掴むカレルの手に力が加わり、皮膚に指が喰いこんでいく。ぐぅっと先端を押しつけられても蒼史の肉は硬直したままだ。

「く…っ……きつ……使ってなかったのか」

舌打ちし、カレルは蒼史の前のぬめりを利用してそこを少しほぐしたあと、掌で力任せに双丘を開き、ぐいっと後ろから腰をぶつけてきた。

「あぁっ、あっ！」

肉の環がいびつに広がり、ズンッと粘膜のすきまを深く貫かれる。猛烈な圧迫感と激痛に顔が歪み、硬いもので後ろから内臓を圧迫されているような体感をおぼえた。

ゆっくりと肉の間に押しいってくる熱い茎。入り口の環を歪めながら、それがじわじわと内側に沈みこんでいく。

「ん……く……あっ」

拓かれ、裂かれる痛みに身体が跳ねあがってしまう。狭い肉を押し広げる圧倒的な質量。体内で膨張する熱い塊が痛みを増幅させる。

ろくに綻んでいないまま挿入されたため、内臓への異様な圧迫感に息もできないほどだ。懸命にテーブルを掻き、蒼史は苦痛に耐えた。

怒りをぶつけるようなセックスだけれど、それがカレルからのものだと思うと、自分のなかにすべて埋めこんで欲しいと思ってしまう。

「ん……っあ……あぁ、ああっ」

しかし心とは裏腹に、ずっと使っていなかったそこは容易に彼を受けいれられない。窄《すぼ》まろうとする環を熱い怒張に圧し広げられ、肉のこすれあう摩擦の衝撃に、蒼史はたまらずテーブルに爪を立てる。

「足、開けよ」

ぐいと彼の膝に内腿を割られ、奥を突き穿《うが》たれる。互いの皮膚がぴったりと触れ、そこにどちらのものともわからない汗がにじんでいる生々しい体感に、彼に根元まで貫かれていることを実感する。

「うん……きて……もっと欲しい……」

何を言っているんだろう。ますますカレルに遊んでいたと思われるのに。でも欲しくてどうしようもなかった。こんな形でもカレルとつながっているだけで幸せだから。

「すげえな。おとなしい顔して……淫乱なのは……昔からか」

獰猛《どうもう》にねじこまれ、ぐいぐい突き刺される。そのたびに彼の息が首筋を撫で、背筋がぞくりとする。たまらず喉が甘く鳴った。

「あう……あぁっ！　あ……ん……う……あぁぁ――っ！」

きわどい粘膜を抉られ、熱い痺《しび》れが脳まで駆けのぼる。かっと視界に火花が散り、蒼史は背をのけぞらせた。下肢では花茎から快感のまま、とろとろと雫があふれ出ている。しとどに濡れるほどに蜜が内腿を伝い、ぽとぽとと音を立ててコンクリートの床に落ちていった。

「あぁ……ん……んんっ」

もっともっとと刺激をねだるような、媚びるような自分の声。それが恥ずかしい。

「そんな…気持ちいいのか？」

いつしか、揶揄するような声が鼓膜に響く。蒼史は反射的に否定する。

「……ん………っ…」

「胸、弄ると、たまらなくなるみたいだな。あいかわらず、わかりやすくて素直な身体だ」

乳暈をまさぐり、肉を揉みつぶしながら、爪の先でぐりぐりと胸の粒を刺激されると、たちまち火が奔ったような甘美な痺れが駆けぬけ、蒼史の肉はたまらず彼を締めつけてしまう。

「……あっ、や……いい、そこっ、んん、あぁ！」

「すげえ、よくって仕方ないのか。床、おまえのやらしい蜜でぬるぬるだぞ」

「いやだ……言わないで……くれ……」

揶揄されると、己のはしたなさを自覚することになって恥ずかしくなる。そして羞恥を堪えようとすれば、反対に身体が熱くなって余計に恥ずかしいことになってしまう。

「すごいな、こんなに感じまくって」

下顎をぐいと掴まれ、カレルが顔をのぞきこんでくる。見られないように顔をそらしたが、彼の手に後ろから首の根を押さえられ、細く長い人差し指の先でクイと下顎をあげられる。

「カレル……やめっ……ん……」

「いい顔してる。綺麗だ。もっと見せろ」

カレルが強く唇を押しあててくる。唇がこすれあい、皮膚の間に熱が奔るなか、挿りこんできた舌が荒っぽく口内で蠢《うごめ》く。

「ふ……ん……」

息ができなくなるようなキスだった。乱暴に口腔を蹂躙《じゅうりん》していた舌先に舌を巻きこまれる。搦めとられ、吸われ、もつれあわせるうちに唇の端から唾液が落ちていく。

「ん……ふ……ぐ……あぁ」

息苦しさに恍惚となってしまうのは、身体のなかを埋める楔《くさび》が粘膜の感じやすいところをじわじわと刺激しているからだ。

腰をぶつけられるたび、乳首がテーブルをずるずるとこすり、奇妙なほど甘美な快感がそこからも広がっていってたまらない。

いつしか教会の鐘は鳴りやんでいる。コンクリートが剝き出しになったアトリエに、淫らな声と抜き差しするごとに肌がぶつかる音が反響していた。

「あ……ん……っ」

二人の肉が結合部で激しく摩擦しあい、ぐちゅぐちゅと濡れたような粘着質の音が響く。

全身に熱い痺れが広がり、蒼史の内側は熟れた果実のように蕩けてカレルの屹立《きつりつ》にまつわりついていた。

「ああ……いい……カレル……ああっ」

硬い肉棒に奥のしこったところを荒々しくこすられ、生々しい熱がこもっていく。このまま身体が淫楽の高みへと放り出されるようだ。快感が極みに達し、昂りが弾けそうになっている。

しかしすかさずカレルに、にぎりしめられた。

「ひ……んっ」

「だめ、勝手に達くな」

冷酷な声。彼の器用な長い指に先端を押さえこまれ、快感を封じこめられる辛さに、全身に冷や汗が流れた。

「そんな……く……」

ずるずると指で焦らすように窪みを割られていく。そのたびにカッと火花のように快感が奔る。たまらず涙がにじむ。

「お願い……もう……カレル……」

すがるように懇願しても、カレルが性器を解放してくれることはない。それどころか、細長くて器用な指先で陶器を創る時のような繊細な刺激を与えてくる。

「あ……は……っやめて……」

「こうされると…そんなにいい？　なか…ぎちぎち……もっとゆるめろ」

腰骨を摑まれ、ぐいぐいと勢いよく奥を埋めつくされていく。

「いや…無理……ぁ……い……く……っ」

カレルの唇がうなじを這う。唇をこすりつけられ、首のつけ根を甘咬みされ、快感と苦痛のはざまで意識が混濁していった。

「あぁ……あぁあ——っ」

激しく抜き差しされて内臓がぐいぐいと圧迫されていく。

ああ、自分のなかにカレルがいると、こんなにも身体が熱くなって、こんなにも快感に身悶《みもだ》えしてしまう。熱い肉塊で内部をかきまわされ、腰をぶつけられるたび、もっとして欲しくて、切なさと狂おしさに甘い声をあげる。

「あぁっ、あっ、あぁぁ」

「すご……蒼史のなか……やらしくて……飢えていたのか」

「そんな……こと……な……い……っ」

恥ずかしい。あられもなく感じている自分が。憤りをぶつけられているのに、辱められているのに。でも時間のない自分には、好きな相手と肉を交《まじ》わらせる一瞬はどうしようもないほど貴重で愛しいものだ。

だから憎しみでさえ、戒めでさえ、彼から与えられるもののすべてに細胞のひとつひとつが喜悦の悲鳴をあげる。彼のマリオネットとなって、すべてを受けいれたいと。

「ごまかすな、なか、すごいことになってるぞ」

「う……あ……っ」

カレルが自分の内側にいる奇跡。四年間、愛しくて愛しくて忘れられなかった人。どうして、四年前、この人についていかなかったんだろう。どうしてこの人を裏切ってしまったのか。そう悔やんでも仕方ない。

あの時は、どうすることもできなかった。自分からあきらめて手放した恋だ。

それなのに未練がましくこんな場所にきているのは、ただ自分に時間がないから。

どんどん変わっていく自分。刻一刻、内側から壊れていくのがわかる。だから恥知らずにもカレルから与えられる恥辱でさえ、甘美な毒のように感じて酔いしれている。

そう、いつしか痛みを忘れ、久しぶりに感じた快美な熱に溺《おぼ》れるように。

「あぁ……あ……あ」

「膝、もっと開けよ」

言われるまま膝を開き、腰を揺らして快感に身悶え、狂ったように乱れていく。

「いい……あぁ……や……っふ…あああぁっ」

もっと乱暴にして欲しかった。

獣のように、この身体を喰らいつくしてくれたらいいのに。

四年間の想い。

もうすぐ永久に会えなくなってしまうかもしれないという恐怖、怯え、不安。

身体の内側に響く心の叫びに衝き動かされ、愉悦《ゆえつ》と苦痛に全身を痙攣させながら蒼史はカレルにしがみついていた。

鐘が鳴り響き、また消え、また鳴り響く古都の中で。

5　聖なる密室

オレはどうしてしまったのだろう。

一度、蒼史を抱いてから、たががはずれたように毎夜、カレルは彼を腕に抱くようになってしまった。

今夜でもう一週間。いよいよ数日後、蒼史との約束の期限が訪れるというのに。

「咥えろ」

蒼史は決して自分に逆らわない。最初の夜こそ少しの抵抗を示したものの、それ以来、彫像のモデルをする時と同じで、求めれば求めるだけ応じようとする。

「膝をつけ」

命令に従い、蒼史が床に膝をつく。

「早く」

艶のある唇をかすかにわななかせたあと、刹那、口を閉ざし、蒼史は静かに目蓋を閉じた。

そのまま息を吸いこみ、そっと彼がカレルのベルトに手を伸ばしてくる。

暗がりでもそれとわかる濡れた唇を薄く開き、ゆっくりと性器の先端を食む。

背筋がぞっと粟立つような気がした。

やわらかで優しい唇だ。日本に行った時、京都の町中を染めていた桜という花と同じ色をした美しい唇がやわらかく自分の亀頭にすりよせられる。

ひどく大切なものにでも触れるような態度がおかしくて、カレルは鼻で嗤った。

「そんな顔をして。それが好きなわけでもないくせに」

「……おれは…君を気持ちよくしたいだけ」

吐息のような声に総毛立った。

本心か否か。カレルはごくりと息を呑んだ。彼は自分がなにを言っているのかわかっているのか。赤い舌先で先端を舐められた瞬間、背骨に電流のような痺れが奔った。

「……っ」

やわらかな唇に包まれ、先端を舐めあげられるうちに、自分のそれが無慈悲なほど勃ちあがり、彼の歯列を押しあげるのがわかった。

「…ん……っ…」

歯がゆるく刺さり、甘咬みされた快感に腰が痺れる。

そのままやわらかな舌で裏筋を舐められ、カッと脳が熱くなった。

カレルの性器はすっかり形を変えて硬くなり、彼の口内を圧迫していく。

「ん……ふ……っすご…大き…」

性器の根元を細い指で摑み、蒼史は頰の肉を締めてきつく吸いこもうとする。

「いちいち言葉にするな」

カレルは舌打ちした。自分から彼を離そうと思ったが、さらに口腔できつく締めつけられ、甘い快感が身体を熱くする。

「ん……ふ……ぐ……」

蒼史は、時折、噎《む》せそうになり、軽く咳《せ》きこむ。その振動すら、カレルの性器への稚拙な愛撫に感じられた。身体に広がる熱と快感に恍惚となりそうな気配をおぼえながらも、自分よりも陶然としている蒼史の顔を、カレルは心のどこかで冷静に見ていた。

無防備に自分に奉仕する彼の表情。

切なそうに目を細め、愛しげに根元に手を添え、唇を求めあう時のような激しさで口を窄めては、歯を立ててこちらに快感を送りこもうとする
そうすることが至福だといわんばかりの表情に、カレルは逆に苛立ちをおぼえた。

やはりこの男がよくわからない。

「もういい、やめろ」

その髪を摑み、自分の腰から引き剝がそうとした刹那、彼の歯が感じやすい先端をかすめ、カレルは欲望を吐き出していた。

恐ろしいほどの快感。絶頂を迎えた時の快楽が全身を駆けぬけていく。

「……っ」

とくとくとあふれた白濁が彼の頬から首筋まで汚していた。

その唇から唾液の細い線。何が起こったかすぐにはわからない様子だったが、やがて蒼史は目蓋を閉じて、指先でカレルの吐き出したものを頬にこすりつける。

「変態……何やってるんだ」

カレルはテーブルに置いてあったボールを摑んだ。彼の顔に油分のある下地を塗り、溶かしたばかりの石膏にどっと水を混ぜ、掌で捏《こ》ねまわして彼の頬に撫でつけてやる。

「……っ！」

びくりと蒼史が身体を硬直させた。彼の美しい顔から身体へと純白の石膏が滴り落ちていく。石膏の白さが彼の玲瓏《れいろう》とした美貌をいっそうきわだたせるように感じた。

「カレル……」

「じっとしてろ」

泥のような石膏をさらに掬《すく》い、掌でその感触を確かめるように彼の首筋から胸へと撫でつけていく。ひやりとした石膏を押しつけるたび、ぴくりと肌を震わせ、彼は艶のある唇から恍惚とため息を吐く。

「これがおまえの頬……これがおまえの首筋……これが鎖骨……」

ぺたぺたと音を立て、言葉どおりの場所に撫でるように石膏を塗っていく。

蒼史は虚ろな表情で石膏に包まれた頬を指でなぞった。

「あたたかい……君の肌みたい」

蒼史はふっと淡くほほえみ、首筋に触れていたカレルの手に頬をすりよせた。

「もっと……いっぱいかけて」

これ以上ないほど満たされた微笑に、胸が衝かれる。

「蒼史……」

「……石膏……かけて」

カレルは息を呑んだ。

一瞬、動きを止めたカレルの手首を摑み、蒼史がすがってくる。

「この手で……早くおれを彫像にして」

手首を摑むすさまじい力に、カレルは圧倒されて硬直する。

「どうしたんだ、蒼史、やめるんだ」

手首から手を離させようとしたもう一方の手をさらに彼の手が摑み、必死で哀願してくる。

「お願い、カレル！」

「蒼史……」

「たのむ、オレが変わってしまう前に……大理石に封じこめて本物の亡骸にして！」

その祈るような声音にカレルは全身が寒くなるのを感じた。

「おまえが変わってしまうって」

急にどうしたのか。いつものおとなしく、従順な彼はそこにいない。

やはり彼は薬物に依存しているのか。

「いいかげんにしろ！」

彼の手を振り払い、カレルは一歩あとずさった。そんなカレルの腰に手をかけ、蒼史が腿にすがりついてくる。

「目も耳も変わっていくかもしれない。このまま何もかも変わりそうで怖い。この顔も、身体も崩れていく。お願い、その前に魂ごと別の器に入れて。封じこめて。君のこの神の手で」

あきらかに錯乱している。彼は何か幻影でも見ているのか。

——薬物？

それともこれがこの男が隠しもっている狂気の焔なのか。自分が日本にいた時、この男が創る陶器にふと感じた熾火《おきび》にも似た彼の本質なのか。

「お願い……カレル……助けて」

声も力も弱い。目にも生気がない。なのに、彼の全身から火焔《かえん》のような熱気を感じ、カレルは困惑をおぼえた。

「おかしい……蒼史…おまえは……変だ」

カレルは蒼史の手を引き剝がし、突き放した。

床にくずおれた蒼史は、手を前に突き出し、手探りでカレルの居場所を知ろうとする。まるで見えていないかのように。

「カレル……お願い……カレル」

なおもこちらを探してすがろうとするさまにカレルは寒気を感じた。

その手首を摑み、ふわりと身体を抱きあげてバスルームへとむかう。

浴槽に彼の身体を押しこみ、カレルは上からあたたかなシャワーをかけた。

彼の髪や肩をスポンジでぐしゃぐしゃ撫でて、その皮膚の表面を覆っていた石膏をとっていく。簡単にぬぐったあと、スポンジを彼の手にねじこむ。

「あとは自分で綺麗にしろ」

冷たく言い放つと、カレルはアトリエの鍵を閉めて、逃げるように外に飛び出した。

初冬の冷たい風がモルダウ川から吹きあがっていく路地を、カレルはどこに行くともなく足早に進んだ。

──何なんだ……あの男は。

助けてというのはどういう意味なのか。亡骸にしてとは……。あれほど亡骸の彫刻を否定していたくせに。

『お願い……カレル……助けて』

あの言葉の意味はなんなのか。変わってしまう前にとはどういうことなのか。一体、彼に何があったというのか。

あの足の傷痕といい、奇妙なことを懇願してくる行為といい。やはり薬物に依存しているのか。そして、幻覚でも見ているのではないか。

そんな疑問をおぼえながらカレルは足を進めた。

夜の帳《とばり》に包まれたプラハの街は不気味なほど静まり返っていた。空気は澄み、風は冷たく、時折鳴り響く塔の音と自分の靴音が異様なほど反響する。

カレルは路地の片隅で足を止め、明々とライトアップされたプラハ城をぼんやりと見つめた。

自分は何がしたいのか。自分は何を望んでいるのか。迷宮のように入りくんだこの街のように自分の心がわからない。

カレルはコートのポケットから携帯電話を取り出し、義兄に電話をかけた。

「……義兄さん、分析の結果だけど」

白い息を吐き、カレルは小声で問いかけた。

『ああ、それなら、さっきメールで送ったところだ。パソコンを見てくれ』

そう言われても、今あの家に戻り、蒼史と顔を合わせるのもイヤだったし、何よりさっさと結果を聞いてしまいたかった。

「今、ちょっと出先ですぐに見られない。結果だけでも教えてくれ。まさか覚醒剤とかヘロインだった……なんてことないだろうな」

冗談めかして言ったカレルに、義兄は淡々とした口調で返した。

『いや、ちゃんとした医療用の薬だよ。友人の医師が言うには、その薬を服用している患者は……おそらく――――』

次の瞬間、義兄の告げた病名にカレルは全身が凍りつくのを感じた。

――なんだって……。バカな。

カレルは義兄に確かめた。

「本当か、本当にそうなのか」

『あ、ああ』

「ふいに目が見えなかったり、変な音が聞こえたり……異常な行動をとってしまうのは……すべてその病気の症状なのか」

『たぶんそうだろう。専門じゃないし、はっきりとは言えないが、かなり危険な状態のようだな。それでなくても死の危険をともなう病気だし、そんな状態で入院していないのなら大問題だ。診察してみないとわからないが、末期に近い可能性もある。カレル、その患者とおまえはどういう知りあいなんだ。そもそも、なんでおまえがそんな薬を……』

義兄の声が遠ざかっていく。

今すぐ手術をする必要がある患者。死の危険をともなう病気。末期に近い可能性……。

カレルの手から、するりと携帯電話がすべり落ちていた。

◇◇◇

真っ暗なアトリエの中央に立ち、蒼史はぼんやりとカレルの出ていった扉を見ていた。

彼が戻ってこない。

アトリエに自分を閉じこめたまま、彼はどこに行ってしまったのか。

——亡骸にして。助けて。

あんなことを口にしたから、彼は自分のことが怖くなったのだろうか。あと二日だったのに。

約束の期日は明後日に迫っているのに。

蒼史は浴室から出て膝から床に座ると、自分の皮膚にまだ残っている石膏を指先でなぞった。

ぽろぽろと石膏が剝がれていく。最初にカレルがきちんとオイルを塗ってくれたおかげで、石膏が皮膚にこびりついて剝がれないような事態にはならなかった。実際、そうなってしまった石膏は剝がすのにとても労を要してしまう。

あの時、皮膚を覆って固まっていく石膏のあたたかさが心地よくて、思わず『もっとかけて』と懇願してしまった。

カレルはさぞ変なやつだと思っただろう。皮膚に残っていた小さな石膏のクズをとり、蒼史はふっと吹いて飛ばした。

『蒼史くん、具合が悪いのに、どうしてここまで放置していたんだ。いくらゆっくり進行する病気とはいえ、手術に成功したとしても……』

日本にいた時の医師の言葉が脳裏によみがえる。放っておいたのではない。まさかこんなに大変な病気だとは思いもせず検査を受けなかっただけだ。

四年前、母から『どこにも行かせない』と足を刺され、カレルを傷つけると脅され、最後にはカレルの代わりにと言って傷つけられ、さらに無理心中させられそうになったあの時……。

傷は動脈まで達し、どくどくと血があふれ、意識が朦朧としてきた。

もう死ぬのだと思い、最後にカレルに何か伝えなければ……と必死の思いで携帯電話でメールを打った。ごめん、行けなくなった——入力して送信したところで意識を失って。

死を覚悟したものの、その惨劇を祖父が早くに発見したために、蒼史は一命をとりとめることができた。

しかし意識が戻ったのは何日も経ってからの、カレルがとうにプラハに旅立ったあとのことだった。

——ホントにごめん、カレル。空港に行けなくてごめん。裏切ってごめん。

病院のベッドで枕に顔をうずめて、どれほど泣き続けたことか。

そして泣きながらあきらめた。もう自由を求めるのはやめよう。人を好きになったりはしない。何も望まず、これまでのように母のために生きていこう……と。

きっとこれは罰だ。自分だけが幸せになろうとした罰。心のどこかで、自分は母と違って恋人に捨てられることなく、カレルについていきて欲しいと言われて幸せを感じていた。そんな自分に罰が当たったのだ。

それから二年半が過ぎた昨年の春、脳梗塞《のうこうそく》でずっと寝たきりだった祖父が亡くなり、立て続けにちょうど一年前に、母が肺炎をこじらせて逝《い》った。

奇妙な頭痛と耳鳴り、目眩がするようになったのは、母の四十九日と祖父の一周忌が明けてからだった。

『ご家族を亡くしたストレスで、鬱になっているのかもしれないが、別の病気の可能性もある。大学病院を紹介する。一度、検査しに行きなさい』

そう言われたが、母と同じように自分も精神の均衡を崩していると診断されたら……と思うと怖くて大学病院には行けなかった。

日々、体調は悪くなる一方だったが、まさか自分が大きな病気を抱えているなど想像もせず、きっと母のようになってしまうのだと思いこみ、検査をするのが怖くて我慢していた。

そして祖父と母の遺品の整理を終え、ほっとひと息ついた頃、いきなり視界が真っ暗になって意識を失った。

救急車で運ばれた先で診断された結果、脳に腫瘍《しょよう》があるのが見つかった。

小脳に大きな塊ができ、聴覚と視神経を圧迫しているとのこと。放置しておけば聴力と視力に障害が残り、手術が成功したとしても腫瘍の場所が脳幹に近いために、寝たきりになってしまう可能性もあり死に至るケースもあると聞かされた。

『おれ……死ぬかもしれないいんですか』

『はっきりとは言えない。手術に成功して、今ではふつうの生活を送っている人もいる。だが……もし、今のうちに会いたい人がいるのなら会っておきなさい』

そう言われた時、自分が助かる可能性はきわめて低いのだと思った。そして、一も二もなくカレルに会いたいと思った。

――なんとか一カ月もってくれてよかった。

日が暮れると、自分の視力も落ちてまわりが見えにくくなる。

かろうじて光は判別できるが、あとはほとんど闇に近い状態だ。聴力は右耳の調子が悪いが、左耳は以前と変わらない。

クリスマスイヴまであと少し。こんな状態で、カレルのそばにいてバレたらどうしようという焦りから、せっぱ詰まった気持ちで、彼に石膏に封じこめて欲しいとたのんだが。

――やっぱり……いきなりあんなことを言われたら、誰だって怖くなるよな。

蒼史は次第に肌寒さを感じ始めた。

室内があまりよく見えない。暖房を強くしようと思ってもリモコンの場所もスイッチの場所もわからない。そうしてやみくもに床を探っていると、ふいに石でできた台に手があたり、そのまま台の上で手をすべらせていった場所で、ふっと指先に触れるものがあった。

「これは……」

冷たくも優美な感触に胸が熱くなった。

「大理石だ……カレルがおれをモデルにして制作している胸像……」

蒼史は恐る恐るそれに手を添える。丸みをおびた頬の線、あまり高くはないがくっきりとした鼻梁、少し肉厚の唇、それに大きな目。

——これがおれ。カレルの目が捉え、その手によってこの空間にひとつの形として創りあげられたおれ。

不思議な気分だった。闇の中で、自分の形をした大理石に触れていることが。

息を吸い、蒼史はゆっくりと自分の胸像に唇をよせていった。

いつも自分にカレルがそうしてくれているように、唇で皮膚の形を確かめていく。

これが彼が見た自分の顔。永遠に形を変えることのない自分の顔がここにある。

このまま腫瘍が大きくなれば、眼球が圧迫され、視神経が傷つき、視界が狭まって顔つきも変わってしまうかもしれない。どんなふうに変化するのかわからない。

——でも、この彫像は違う。

自分はどんどん変わってしまうのに、ここにある胸像は永遠に変わらない。

——ああ、このなかに入りこんでしまいたい。

ここに自分の魂を封じこめたい。カレルの手が創ってくれたこのなかに。

これが自分の額、頬、目蓋、唇。指でなぞり、唇でさすり、魂をこめていく。自分の顔が崩れ、視覚と聴覚が失われ、命が消えてしまったとしても、自分はこのなかにいられる。

ここで永遠にカレルと一緒にいる。そう思うと、不思議と静かな気持ちになった。

このままこのなかに消えたい。

そんな想いのまま、蒼史はその場に膝をつき、静かに目蓋を閉じていった。

地球の引力、重力に引っぱられて自分の体が崩れていくような、溶けていくような感覚をおぼえた。

◇◇◇

カレルがアトリエに戻ると、家を出てから半日も経っていないのに、ドアを開けたむこうに広がる世界がさっきまでと違って見えた。自分が創りあげた自分だけのアトリエ。しんと冷えた空気のなか、その中心で蒼史が大理石の胸像を抱いて死んだように眠っていた、双子の自分とくちづけしあうような風情で。

静かにドアを閉め、カレルは窓からの淡い光に照らされた蒼史の寝顔をやりきれない眼差しでじっと見つめた。彼と大理石の胸像だけがふんわりとうかびあがり、そのままますっと弱い光に溶けてしまいそうな気がして胸が締めつけられるように痛む。

——すべて確かめてきた。執念で、謎を突き止めてきた。

己のどこにそんなエネルギーがあるのかと思うほどの勢いで、彼の身体がどうなっているのか、そしてこの四年、彼がどんなふうに生きてきたのか——そのすべてにわたって可能なかぎりの情報を手に入れた。日本との時差も相手の都合も無視し、ありとあらゆるところに電話をかけて。

「——蒼史、ダメだ、こんなところで眠っていたら」

ゆっくりと身体を抱き起こすと、彼がうなされたように小声で呟く。

「……だめ……カレル……だめ……カレル……傷つけたら……カレルの手……ダメ」

そういえば、彼はよくこの寝言を口にしていた。

最初はその意味がわからず、変な夢を見ているのか、それともここでの生活のストレスのせいかと思っていたが、今ならどうしてこんなうわごとを言うのかはっきりとわかる。

蒼史の実家に電話をかけ、家の管理を任されていた親戚から彼の母親が起こした事件について聞いた。四年前、息子への異常な執着をもっていた母親は、蒼史に恋人ができ、その相手と一緒に欧州へ行こうとしていることを知って、どこへも行かせないと言って暴れ、無理心中のような事件を起こし息子に大怪我をさせた。

その後、蒼史は精神的に不安定な母のそばから離れずに、世話をするかたわら、脳梗塞で倒れた祖父の介護を続けていたらしい。

そしてあい次いで亡くなった二人の葬儀を無事に終えたあと、まるですべてから解放されるのを待っていたように蒼史自身が倒れ、かなり危険な状態になったところで病が発見されたとか。

蒼史のうわごとは、きっと暴れる母親を止めている時の夢を見ているのだろう。それがわかって切なくて心がちぎれそうだった。

たのまれるとすぐにひきうけてしまう性格。誰かに利用されても、気にしているふうでもなく、いつも目立たないよう、控えめにしていたのは、蒼史の育った複雑な環境に原因があったのだ。そんな彼の美点に気づき、愛しく感じていたというのに、自分は、彼がどうしてそうなったのか、原因を知ろうとしたことはなかった。

蒼史が口にしないことを無理に詮索するのがイヤだったというのもあったが、結局は、己が未熟すぎて、彼のすべてを抱えとめるだけの器ではなかったということだ。

「蒼史……いいんだ、心配しなくていい。誰もオレを傷つけたりしないよ」

カレルは切ない気持ちでその身体を抱きあげた。

助けて……とこの男が言った言葉の意味。最後に、カレルは蒼史の主治医の名も確かめ、病院に電話をかけ、彼の今の状態を説明して、何をすればいいかを尋ねた。

『とにかくすぐに病院へ連れていき、診察を。それでなくても、手術の成功の確率は低かったのに、こんなに放置して……しかも外国にいるなんて』

蒼史の主治医から聞いたことが事実なら、石膏をかけて欲しい、彫刻にして欲しいという言葉は、彼の命懸けの悲痛な叫びだったのだ。

彼は死ぬ覚悟でここにいる。かぎりある命の最後の灯火をここで燃やすために。

消えてしまう身体を彫刻によってこの世にとどめて欲しくて、命と引きかえに自分のもとにとどまったのだろう。

どうして、そんなことをしようとしたのか。

新たな謎は生まれてきたが、逆にこれまでの謎は解けた。

そして同時に自分がいだいていた蒼史への不可解な感情——恋しさだったり憤りだったり苛立ちだったり恐怖だったり——がひとつに集約され、今はかぎりない愛しさだけがカレルの胸に広がっている。

いや、愛しさというよりは、どうにもやりきれない切なさといえばいいのか。

失なわれていく命のすべてを自分の手にゆだねた彼の想いを、自分はこの先、どうしてやればいいのか。二人がここで過ごすと決めたタイムリミットは残りわずか。彼と自分に残された時間はあと一昼夜だ。

もう遅いかもしれないが、今からでも精一杯彼を抱きしめたいと思った。彼の人生、彼のすべてを抱えていく覚悟があることを伝えなければ。彼が絶対にあの世になど逝きたくないと思うほどの愛情でこの地上につなぎとめたい。それが自分の贖罪《しょくざい》だ。愛する人間の心に気づかなかった己の行為への。

その夜、カレルは、ひとつの決意を固め、蒼史に提案した。

「いつでもおまえを創れるように、おまえの石膏型もとっていいか？」

カレルの突然の言葉に、一瞬、とまどいながらも、蒼史はほほえんでいた。

「うん」

彼を残そう。そう思った。

そしてイヴの夜、ミサに連れ出したあと、彼をそのまま病院に連れていこう。義兄の病院と同系列の、プラハにある最先端医療の充実した大学病院にはすでに連絡をとっている。

本来なら、今すぐ病院を連れていくべきかもしれない。だが、彼が命懸けで望んでいることを叶えてやりたかった。

それは自分の手で彼の姿をこの世にとどめること。消えていくかもしれない命を封じこめて欲しいと望む彼の願いを叶えることだ。

床にシートを敷き、その上に裸のまま座った蒼史にカレルは石鹸《せっけん》水を塗った。

「石膏、こうしたら固まったあとでちゃんと剝がれるんだ」

首筋、肩、胸、腕と、彼の素肌にぬるぬるとした液体を塗っていく。

「以前もオイルを塗ってくれたじゃないか。おかげで楽に剝がせたよ」

「そうだっけ。意識してなかったが、手が勝手にそうしたのかもしれないな」

ふわふわとやわらかなハチミツ石鹼の匂いが広がり、蒼史はうっとりと幸せそうな顔をする。

「パーツごとに創っていくから」

ゆるめに溶いた石膏を蒼史の首から肩、胸へと撫でつけていく。

「……っ」

最初は冷たさにぴくりとしながらも、ぺたぺたと触れられながら石膏を塗られる感覚に身をゆだね、蒼史は安堵したような表情を見せる。

「これがおまえの腕だ」

「石膏って不思議だ。固まる時にあたたかくなって……だんだん熱くなる」

「気持ちいい？」

「うん……すごく」

「じゃあ、次は足。綺麗な踵をしている」

足首を摑み、唇でその踝を吸ってみた。

「ん……っ」

何度も顔の角度を変えて皮膚を吸っていく。

石膏で形をとり、自分の身体でその質感を記憶し、可能なかぎり、彼の存在をありのままこの世に残したかった。

「この足、好きだ。一日中こうしていたい」

そんなふざけた言葉を口にしながら、足首から踵にかけて石膏を塗りつけていく。

冗談でも言葉にしていないと、気がどうにかなってしまいそうだったから。

いつかこの手も足も消えてしまうのだろうか。

たとえ彫像として形に残しても、この男のぬくもりも、自分が触れただけで心をさわがせる愛らしい素振りも失われてしまうのか。

二人でつながった時の満たされた甘い表情は彫刻からでは感じることはできない。

この男という実体があってこそ、すべては生まれてくるものではないか。

そう思うと胸が詰まり、カレルはごまかすように蒼史の足を甘く咬み、反応を示した彼の下肢に手を伸ばした。

「カレル……っ」

ぎゅっとにぎりしめると、自分の手をやわらかく濡らし、指のなかで大きくなっていく。

「濡れてる。足にキスされたくらいで、感じるんだ？」

「あの……カレル……は……早く仕事したほうが……」

「ああ」

笑いながら、一カ所ずつ噛みしめるように彼の型をとっていく。

こんなことをして何になるんだろう。本当はそう思っている。消えていくかもしれない命に代わりはないのに。彼は糸の切れたマリオネットになってしまうかもしれないのに。そして自分には動かせない遠い場所に行くかもしれない。

蒼史は自分の手にすべてをゆだね、この手で新しいマリオネットにすべて注ぎこんで欲しいと思っている。

だが、それは蒼史自身が本物の亡骸になってしまうだけのことだ。プラハの鐘が弔いの鐘になってしまうだけ。

カレルはやるせない気持ちを胸に包み、蒼史の身体に石膏をかけていった。

あとは何をすればいいのか。自分にできることはもうないのか。こんなことしか、自分にはできないのか。こうして本物の亡骸を創ることしかできないのか。

愛する人間が消えていくかもしれない真実を前に自分はあまりにも無力すぎる。

——オレは……何をしたらいい？　他に何をすればいい？　いや、きっと助かるよな、明日、病院に行けば、なんとかなるよな。おまえ自身を必ずちゃんと創ってやるから、おまえもどんな形であれ、おれのところに戻ってきてくれ。

消えさせたくない。絶対に間にあわせてやる。彼をこの地上につなぎとめるにはどうすればいいのか。明日、病院に行けば、なんとかなるのだろうか。

それとも消える時のことも考え、彼がどちらにむかっても幸せだと感じるようにしておいたほうがいいのか。

祈るように心のなかで問いかけ、蒼史の身体をかたどっていく。石膏を固めていくにつれ、蒼史の表情がどんどん満ち足りたものになっていく。生き生きと、生きている証のように輝いて見える。

その時、思った。ああ、そうか、これは魂を移す行為じゃない、蒼史の魂を大理石に封じこめる作業じゃない、蒼史を生かすための作業だ——と。

もし自分の手で生命力に満ちた蒼史の彫像を創ることができたら、その時は蒼史もこの世にとどまることができる。そんな予感がした。

いや、そうであって欲しいという強い祈りがカレルのなかで芽生えてきた。

期限はあとわずか。それまでに自分は何をすべきなのか。どこにむかえば彼が一番幸せになれるのか。

そんな自問をくり返しつつも、カレルは彼を生かすにはどうすればいいのか、必死に祈りながら作業を続けた。

◇◇◇

二人だけの世界がそこにあった。

自分の世界にはカレルしか存在しない。カレルの世界には自分しか存在しない。この部屋に二人だけ。この聖域で自分は溶けて石膏像になる。

昨夜はずっとカレルが身体のパーツを石膏で型どりしてくれた。

終わったあと、眠ってしまった自分の寝顔を、カレルは一晩中デッサンしていたらしい。

時折、目を開くとカレルが自分を見ていた。そして『生きてるな?』——と問いかけてきた。

もしかすると彼は気づいているのかもしれないと思った。自分の病気に。

だから願いを叶えてやろうと、石膏でパーツの型をとり、生きているのを確かめるように延々とデッサンしていたのかもしれない。

そのことに気づきながらも、頭痛と目眩が激しくて起きあがることができず、カレルが自分をデッサンしているのを感じながらうとうととすることしかできなかった。

アトリエには静寂と溶けあうように凍っていく冷気が澱《よど》み、目を瞑って眠っているとカレルの鉛筆の音だけが耳元に響いていた。

刃物で削るような鋭利な音。中心から遠心力で広がっていくような描き方は彼の癖なのだということに気づいた。

祖父のまわりにはにはたくさんの彫刻家や工芸家がいたが、カレルほど熱心にデッサンをくり返す人間はいなかった。

目で見たものをそのまま写しとる行為。それは彼の本能的なものだろう。カレルのデッサンは繊細だけど、そこには彼自身のもつ心の芯のようなものが感じられて、見ているととても気持ちがおちつく。

「ずいぶん熱心だね。寝なかったの？」

気分がよくなったのを感じて、蒼史は起きあがり、カレルに声をかけた。

「どうだ？」

カレルがスケッチブックを開く。

視力が衰えた自分には、そこに描かれているものがなんなのかはっきりと見えない。けれどカレルが描いていた線の勢いはわかっていた。

「力強い光が見えるようになってきた感じ」

蒼史は己の心が感じたままに言った。

「――光？」

「一本一本の線描に、こちらを引きこむような空間と光を感じる。個展に展示されていたグランプリ作品にはなかったのに」

「オレの作品が変わったように見えるのか？」

「たぶん……君の理想にどんどん近づいているんだと思う」

「オレの理想がわかるのか？」

「三十三間堂の帰り道。あの時から、君は同じ場所を目指している」

「蒼史……」

蒼史の顎を摑むと、カレルがゆっくりと唇を近づけてきた。胸の尖りを押しつぶされ、その刺激に蒼史は息を止める。腰を抱きこまれ、耳朶を吸われ、胸がざわめく。

「ここにいる間は何をしてもいいな?」

問いかけに蒼史は目蓋を閉じてうなずく。

「ああ」

足の間に長い指先がすべりこんでくる。それだけで胸が波立つ。

「オレが好きか?」

何度か唇を吸ったあと、カレルは低い声で問いかけてきた。胸がずきんと痛んだ。

——好きだと言いたい。それが口にできたらどれだけ幸せだろう。

自分に時間さえあれば。四年前の己の罪を忘れたことにして、この場で好きだと口走っていたかもしれない。

「君は仕事の相手だよ」

笑顔だけは素直な感情のままにむけると、カレルの舌先が耳朶から首筋へと移動してそちこちの皮膚を啄んでいった。

火が奔るようなキスを皮膚に刻みながらカレルは呟く。

「おまえがわからない。彫像にしてくれと言ったかと思うと、そんなことを言う。オレの理解者なのか、ただのおかしなやつのか」

「おかしなやつ……でいいじゃないか」

「だけど……オレにはおまえがオレから愛されたがっているように見える」

「カレル、償いへのお返しは必要ないんだよ。おれは償えたらそれでいいんだから」

わかっている。本当は愚かなほど愛されたがっている。

カレルから愛されたい。ただ、愛を求めたら、愛した相手をまた裏切ることになるから。この先、自分がどうなるのか。命があるのかないのか。視力や聴力を失うのか。自分でさえ見えない未来に彼を巻きこみたくない。

「ん……んっ……」

もう何度目になるのか。あと一日でこの唇を味わうことができなくなると思うと、くちづけの一回一回がひどく大切に思えて狂おしい。

自分から唇を開いて、口内に入ってきた彼の舌に自らの舌を絡ませ、言葉にできない想いをくちづけにこめる。

「ふ……ん……カレル……ん……っ」

自分はおかしくなったのだろう。

舌を絡め、根元まで優しく愛撫していく。

呼吸ができないせいだろうか、意識が霞んで夢のなかを浮遊しているようだった。

「オレが欲しい？」

蒼史は浅く息を呑み、カレルの顔を見あげた。彼の眸が好きだ。蠟燭の赤い光が溶けると、紫がかって見える官能的な眸。

「……うん」

クリスマスイヴは明日。その時、別れがくる。けれど四年前とは違う永遠の決別。

今回は最初からタイムリミットがわかっていての再会だった。だからあの時のように、この人を裏切るのではない。

そして……自分の魂は彼の創った大理石の彫像に封じこめられ、永遠にここにいられる。

「あ……あぁ……いい……」

広げた足の間から衝きあがる快感。

そのままベッドから冷たい床に移動し、その日はたがいに狂ったように求めあった。

彼の手についた粘土や石膏にまみれ、官能の波に身を任せる時間。

床に横たわり、甘いくちづけをくり返しながら、カレルに貫かれている。

浅い部分をこすりあげる忙しない抽送。その激しさに、火花が散ったような快感が広がってたまらなくなっていく。

「ん……ん」

舌を絡めあい、苦しい息を吐きながら、その背に爪を立てる。

その姿を目に、掌に、感触を、匂いや声をすべて記憶しようとするように求めた。

これで最後だからと思うこちらの気持ちがあるからか、カレルもまたそんなふうにひとしきりこちらの身体を確かめるように愛撫すると、今度は腰を引きつけ、身体をつないでくる。

甘苦しい痛み。狂おしい熱。理性を忘れて次第に快感に溺れていく。

「い……く……ぁ……くっ」

何度も何度も激しく突きあげられるうちに快楽が身体の芯まで支配し、たがいの身体の境界がわからなくなっていく。

カレルの身体もいつしか石膏や粘土や絵の具で汚れ、自分と同じようになっている。

こうした時間も今夜かぎり。

明日、自分はここから出て、たぶん、もう生涯において、カレルと会うことはないだろう。

好きだけど。今も変わらずこの人のことが好きだけど、本心を告げることはない。

この人に何も求めない。愛情を欲しがってはいけない。

愛していると言ってもいけない。

自分は彼の創りあげた大理石や石膏の像のなかに魂を鎮めて去っていくだけ。それがせめてもの自分のプライドだ。

カレルの人生に感情的な想いを残しておきたくない。芸術家とモデルによくあるような、そんな肉体のつながりがあったけど、所詮は作品ができあがるまでの関係だったと、彼があとになって思ってくれればそれでいい。それが消えるかもしれない自分の、最後の最後の彼への愛の証であり、もう彼に迷惑をかけたくないという本気のプライドだった。

「カレル……あ……っ」

絶頂に達しそうで達しないもどかしい波のなか、開いた眸に自分を見つめるカレルの双眸がぼんやりと見えた。

蒼史はもうほとんど見えない目の代わりに、指先でその顔を確かめた。

これがカレルの目蓋、カレルの目、カレルの唇、カレルの頬……。

「どうした、オレの顔がめずらしいのか」

その腕に抱きよせられ、唇を軽く吸われる。

蒼史は彼の首筋に頬をすりよせた。

「別に……ただ安心して」

「何に？」

「君と……こうしてつながってること」

冗談めかして言った蒼史の答えに、カレルはふっと自嘲気味に笑った。

「オレも安心する」

カレルは……少しは自分のことを愛おしく思ってくれているのだろうか。それを喜ぶのはよくないことだと思いながらも、彼の口から初めて聞いた情に満ちた言葉に心が満たされる。そ

れと同時に心が引き裂かれる。

本当に欲しいのは、カレルからの愛。それだけが欲しかった。

相反するふたつの感情が自分のなかにある。

愛情はいらない、ビジネスライクな関係のままで終わりたいという建前と誇り。

愛が欲しい、愛されたいという、愚かな自分のエゴ。


プラハの街がクリスマスの装いに耀いている。乾いた冷たい風が古い建物の窓枠をかき鳴らし、雪が街を覆う。やがてイヴを迎えたその日、カレルから思いもかけない言葉を告げられた。

「最後にミサに行くか？」

「うん」

最後、これで最後。窓の外は暮れなずむプラハの街。

日暮れとともに視力が失われていく。

夕刻になるたびに、外から響いてくるのは鐘の音。日本よりも冬の日照時間の短いこの国では、午後三時頃から薄暗くなり始める。そうして長い長い夜がやってくるのだ。

——よかった。まだ少し見える。

コートをはおり、蒼史は廊下に出てはっと窓に近づいた。

「この風景……」

カレルのアトリエから出た廊下の先にある窓の外に広がる風景がとても似ている。京都の東山から見える風景に。

「ここ……だったんだ」

「ああ、似てるだろ」

なんて美しい風景。夕陽を浴び、雪に包まれた石造りの街がしっとりと黒い影絵のように闇のなかに沈んでいこうとしている。夜空の瞬きのように、クリスマスのイルミネーションがきらめき、夢の世界に見えた。

「行こうか」

ふわふわと雪が降る夕暮れのプラハ。

雪の反射のおかげで、いつもよりもずっと視界がはっきりとしている。

「蒼史、腹……減った？」

ううん、と蒼史は淡くほほえんで首を左右に振ってカレルに手を伸ばす。

「手……つないでいい？」

触れるか触れないかのところで手を止め、蒼史は遠慮がちに訊いた。

「オレはいいけど…恥ずかしくないのか？」

「君の手を摑んでいないと、石畳につまずきそうで」

蒼史の言葉に、カレルは苦笑する。

「そうだな、おまえは思ったよりもそそっかしいみたいだし」

蒼史の手をとり、カレルはその甲に息を吹きかけた。蒼史は驚いたように目をみはった。そしてふわりとほほえむ。

「本当に大丈夫だから」

「でも冷たい」

「君の手があたたかいから平気」

「なら、いいけど」

カレルが自分の手を摑んでうっすらと雪の積もったプラハの石畳を進んだ。

「蒼史、プラハの特徴はモルダウ川を挟み、天へとむかって数限りなくそびえ建つ塔だ。地面には、モザイク画が描かれた石畳。世界遺産とされたこの街は、扉一枚、許可なしに修復することはできないんだ。おまえの故郷と少し似ている気がしないか？」

「京都はそこまで管理がきびしくないよ」

「じゃあ、もっと管理をきびしくしろと政治家に訴えないとな。京都は綺麗なところもあるが、変な看板やネオンも多いから」

笑いながら言うカレルからは、再会した時のような憎しみの情は感じない。むしろかぎりない優しさと愛情のようなものが伝わってくる。

――よかった。最後の時間、カレルがミサに誘ってくれて。

もしあのアトリエでさよならを口にすることにしたら、きっと耐えきれずに号泣していただろうから。でも教会ならいい。賛美歌が流れるミサの途中、そっとカレルの手を離そう。そして彼の前から消えよう。それなら淋しさはない。泣きだすこともないはずだから。

「さすがにクリスマスの街はさわがしいな」

「そうだね」

この一カ月、二人で暮らしてきた閉鎖された空間での静かな時間が嘘のような喧噪だった。大勢の家族連れや恋人たち。そこかしこにクリスマスの屋台が出て、雪の積もった広場にクリスマスツリーや人形たちが飾られライトアップされている。その横をサンタクロースが御者になった観光用の馬車が通り過ぎていく。

その華やかな賑やかさに、二人の時間の終焉《しゅうえん》を改めて痛感させられて蒼史は淋しさに胸が軋むのを感じた。

もう本当に終わりなのだ、二人で過ごしたあの泣きたくなるほど幸せな空間と時間は。

街に鳴り響く教会の鐘は、ひとつの世界が終わったことを悼む音色に聞こえた。

やがてモルダウ川にかかる最大の、カレルと同じ名の橋にたどり着いた時、聞こえてきた音楽に蒼史はふと足を止めた。

「この音楽……好き。すごくいいね」

「ああ、辻音楽師が演奏しているんだ」

蒼史は人形劇を上演する二人組に視線をむけた。オレンジ色の街灯を受け、マリオネットをあやつるひとりの男と、その横でバイオリンを演奏する若い女性がいた。

「マリオネットが動いてる。初めて見た」

「オレも得意だぜ」

「ホント?」

カレルは人形師に何か話しかけた。

「百コルナ(約五百円)で貸してくれるそうだ。見てろ、音楽は今のスラブ舞曲で」

カレルは男に百コルナ硬貨を渡し、長靴を履いた猫のマリオネットを借りて動かし始めた。

カレルの隣では辻音楽師の美女がバイオリンを奏でていく。

甘く感傷的な旋律に合わせ、三銃士のような衣装を身に着けた生意気そうな猫を巧みに動かす。剣をさばいて気どったポーズをとってみせるカレルの手妻の器用な様子に驚いてしまう。

さっきよりも激しくなった雪が古い街を真っ白な雪景色に包んでいる。

漆黒の夜空と、コントラストを描く白一色の世界が美しい。

そのなかを音楽に乗って、カレルのあやつるマリオネットが自在に踊っていく。

これで終わり。あとはミサに参加して、カレルのあやつるマリオネットの動きを思い出しながら、この街をあとにしよう。

いつしかまわりには人だかりができ、音楽が終わると同時にカレルが人形にお辞儀をさせると、橋の上が喝采《かっさい》に揺れた。

「カレルは、なんでもできるんだね」

笑顔で言った蒼史に、カレルは切なそうにぽつりと呟いた。

「ああ、おまえの心以外はなんでもあやつれるよ」

「え……」

大きく目を見開いた蒼史の腕を摑み、カレルが小声で告げる。

「これから病院に行こう」

手首を摑むカレルの手に力が加わる。

「……カレル」

「どうして隠していた、病気のこと」

――――！

気づかれていた。やはりカレルは気づいていたのだ。心臓が早鐘のように激しく打つのを感じながら、蒼史は深々とこうべを垂れた。

「……ごめん」

「おまえに真実を言わせなかったのは、オレなんだろ」

「そうじゃない。知られたくなかったから」

「どうして」

「お願い……何も訊かないで」

そう言った時、自分の双眸から涙があふれていることに気づいた。

「蒼史……」

もう感情の昂りを止められない。さっき彼が見せてくれたマリオネットがあまりにうれしかったから。あれを最後の思い出に優しい気持ちで彼のもとを離れようと思っていたのに。

「オレのせいなのか？　オレが再会した時にひどいことを言ったから、おまえは…」

「違う。おれが君のそばにいたくて残ったんだ」

「蒼史……だけど……命にかかわる大切なことじゃないか。なんでそんなことをしたんだ。死んでもいい覚悟でオレのアトリエにきた理由を話してくれ」

懇願するような言葉に蒼史はほほえむ。

「どっちでもよかったんだ。ここで消えても消えなくても。おれはどっちでも」

「蒼史……」

「彫刻のモデルにしたいって言われて、うれしかった。カレルには復讐でも、おれには世界一の彫刻家が自分をこの世に残してくれる行為だった。だから病気のことを隠していた。知ったら、君は創ってくれないと思って。病院に行けって言うと思って…だから」

だめだ。だんだん嗚咽《おえつ》がこみあげてきて、これ以上は話せない。

「ありがとう……ごめんね、心配かけて。でも……ちゃんと病院に行くから、君はアトリエに戻って」

「蒼史……」

「四年前のこと、本当にごめんね。一緒に行きたかったけど、捨てられないものがあって……あんなメールしかできなくて」

「知ってる、母親だろ。母親を捨てることができなかったんだろ。親戚の人から全部聞いた。おまえの主治医にも。おまえの母親がやったこと全部確かめた。おまえはオレを守ろうとして、母親に刺されたんだろ。なんで、正直に言わないんだよ」

「カレル……」

　母のこと——真実を言う気はなかった。でもカレルは真実を探してくれた。それだけで十分だと思った。こんなにも想ってもらえただけで幸せだ。

だけど、だからこそカレルを犠牲《ぎせい》にしたくない。あれだけひどいことをしたにもかかわらず、真実を探し当ててくれるカレルの優しさ。

　カレルは絶対に自分のためにいろんな手を尽くそうとするはずだ。それがわかるから、迷惑をかけてしまうのがわかるから離れなければと思う。

　カレルを苦しめたくない。好きな人には幸せでいて欲しい。自分のことなんかで煩わしい思いをさせたくない。それが自分の意地。この人を心から好きだというプライドだ。

「じゃあ、おれ……そろそろ行くから」

「待てよ、蒼史。オレは本当に何も知らなかったんだ、おまえがオレと出会うまでどんなふうな人生を歩んでいたか。知らなかったからプラハに誘った。知っていたら、オレがもっと長く日本に残った。あの時、おまえがどれほど苦しんだか、想像もつかなかった。それなのに憎いなんて言って……オレこそ償うべきなんだ」

苦しそうに言うカレルの言葉が胸に痛い。なんでこの人は、こんなにも自分を大切にしてくれるのだろう。

四年前、ほんの少しだけ一緒にいた時間の愛しさ。その時に芽生えた恋。自分はそのために命を懸けてもいいと思ったけれど、この人もまた同じくらいあの時間を大切に思ってくれていたのだということにようやく気づいた。

「いいんだ、おれが言いたくなかっただけだから。カレルは何も悪くないんだ。言わなかったのはおれだし、あれは母親を捨てようとして罰が当たったと思ってるから。だって、おれの母さんなのに……おれ……どうしてもカレルと行きたくて、あんな状態の母さんを捨てようとしたんだ。最低だろ、だから罰《ばち》が当たった」

「そんなことない、ちゃんと最後まで面倒みたじゃないか。オレとのことあきらめて、母親のそばにいたじゃないか。祖父さんの面倒だって、しっかり最期まで介護したんだろ。オレは、そんな蒼史をすごいと思うよ。おまえのそういうとこ、損ばかりしてるようでムカついてどうしようもないほど……」

「ありがとう、カレルにそう言ってもらえただけで救われる。わかってくれる人がいるっていいね」

蒼史はカレルの肩に手をかけ、その頬にキスした。

「さようなら、カレル。四年前、言えなかったけどやっと言える。ずっと言いたかったんだよ。さようならって。おれたち、結局、一緒にはいられないんだよ。だから言わないとと思っていた。これでようやく終われるね。さようなら」

蒼史はカレルに背をむけ、歩き始めた。

「待て、蒼史」

「ついてこないで。もう声をかけないで。本当にさよならだから」

涙で顔をぐしゃぐしゃにしながら蒼史はカレルに背をむけて走りだした。

「待て、蒼史！」

路地に入り、迷路のような裏道をふらふらと駆けぬけていく。途中何度も石壁に手をつきながら。

本当は彼に愛して欲しかった。でも自分には時間も未来も確かなものはない。

彫刻家としてカレルは絶対に歴史に名を残す。将来のあるカレルに、これからいろんなものを失う自分の現実を話したくはなかった。

カレルには幸せでいて欲しいから。この世で一番愛する人だから。

しばらくの間激情のまま走っていた蒼史だったが、突然の目眩に襲われ、足を止めた。

「……っ」

突如、視界が真っ暗な闇に覆われたのだ。

——あ……。

蒼史は膝から地面に落ちていった。どうしよう、何も見えない。

深い闇に引きずりこまれていく。寒い、こめかみが痛い。次第に意識が遠のいていく。

こんなところで倒れてはだめなのに。

雪に覆われた地面を手で探ったあと、せめて壁で身体を支えようと伸ばした手首を、しっかりと摑む手があった。

「……っ!」

「おまえ、そんなにオレが好きなのか? 命を懸けてそばにいようとするほど」

「カレル……おれ」

「オレも同じだ。オレがおまえなら同じことをした。だからおまえの気持ちわかる。おまえはこのままオレのそばにいろ。オレが全部ひっくるめて背負ってやるから」

一瞬、意味がわからず、蒼史は硬直した。

「だ……だめだ……おれは自分でさえ自分がどうなるかわからないから…」

「いいんだ、そんなこと。視力がなくなったらオレがおまえの目になる。耳が聞こえなくなったらオレがおまえの耳になる。命がなくなるなら、最後の時がくるまでおまえが怖くないようにずっとこの腕で抱きしめていてやる」

「……カレル……っ」

「そうしたいんだ。させてくれ」

その切なげな声に、蒼史の眸からどっと涙がこぼれ落ちてくる。

ぼんやりとしか見えない目を凝らし、カレルの声のする方向に掴まれていないほうの手を伸ばすと、その手首を彼のあの形のいい大きな手がしっかりとにぎりしめる。

「今……ようやくおまえの目が見えたよ」

「目……？」

「オレには見えなかった。おまえの目が。おまえの心が。でも今、見えた。だからオレはおまえの胸像を完成させられる。亡骸なんか創らなくていい」

そこまで言うと、カレルは涙に濡れた蒼史の手を掌でぬぐった。

「すまない。贖罪しろとか憎いとか言っておまえを傷つけた。アトリエに連れてきてからも……ひどいことばかりして。何も知らなかったから。知らないからって許されることじゃない。自分の大好きな人間が苦しんでいるのに、さらにひどい目にあわせたりして……オレは最低だ。どうか許してくれ」

カレルの声に涙が交じっている。なんでカレルが泣くんだろう。

「カレルがどうして謝るんだ。おれ、何も望んでいなかったんだよ。むしろ、一緒にいられてうれしかったんだ。だって君の声が聞けて、この身体に触れられたから」

呟いた蒼史の手をカレルが摑みなおす。

「じゃあ何も望まなくていい。何も言わなくていい。ただこの手をにぎってろ。おまえはそれでいい、オレが見失わないだけの男になる。そう決意してるから」

「カレル……」

「この手からのシグナルをオレが見逃さなければいいだけだ。おまえがオレの手を摑んでいるかぎり、オレは愛されているんだって信じ続けるから生きているかぎり摑んでいろ」

涙がとめどなく流れる。カレルの手。この手さえ摑んでいればいいなんて。

「やりなおさせてくれ。いや、続けよう、あのアトリエでの暮らしを」

「続けるって……おれはこんななのに……どうやって」

「失敗しようが成功しようが、手術が終わったらあそこにこい。それが明日でも、何十年か先でも、おまえの命が消えるその日まで蜜のような時間を過ごしたい」

「でも……おれ、手術に失敗して……脳に障害が残ったら、寝たきりになることもあるんだよ。目が見えなくなるだけでなく、眠ったまま目覚めない可能性だってあるって……」

「いいじゃないか、その時こそ、オレのマリオネットになれば」

「え……」

「オレが動かしてやる。本気だぜ。その証拠にパリに工房をもつ話を断ったんだ。おまえと暮らしていくために。まずはおまえの治療を最優先したくてプラハに残ることにした。だから安心してオレのそばにいろ」

「……っ！」

「オレはおまえがどんな状態になっても、それこそ意識が戻らないままずっと眠り続けるようなことがあってもあのアトリエで永遠におまえと過ごす。だから」

「そんな……」

カレルはバカだ。耀かしい将来が待っているのに。歴史に名を残す彫刻家になれるのに。この人は自分と二人で、あのアトリエに閉じこもりたいと言っている。

「だめだ……おれは君を…犠牲にできない」

「違う、前に進むためにおまえが必要なんだ。オレはようやく蒼史の目が創れる。亡骸の目ではなく、生きている目を。生き生きとしたおまえの像を創ってやるから、おまえも負けないように生き続けろ。優しく人を包めるような、魂のこもった作品をおまえに見せたいから」

蒼史は睫毛を震わせた。

生きた人間……。優しく人を包むような。魂の……。

出会った頃、彼が言った言葉。こうした作品を創りたいと。

「おまえがそばにいたら創れる。だって、あの言葉はおまえが書いたんだろう？　オレを日本文化に出会わせてくれた大学案内の言葉。オレはそれに惹かれて日本に行った。オレたちは最初から結ばれていたんだよ」

その真摯な言葉に、胸が熱くなっていく。

もうだめだ。蒼史は地面にくずおれた。雪の上に手をつき、肩を震わせて嗚咽を堪える。どうしよう、止められない。そばにいたい。

「どうする、オレのそばにいるな？」

摑まれた手首で身体ごと引きあげられる。そのまま抱きしめられ、優しい鼓動が衣服越しに伝わってきた。

昔からずっと変わらない心臓の音。体温。胸がいっぱいになった。

「……ごめんね……おれは君が好きで好きで……今も昔も君だけが大好きで……」

病気になってよかったと思った。

でなければ、ここへこなかった。もう時間がないと思ったからこそ、自分は勇気を出し、それまで越えることのできなかったものを乗り越えることができた。

「カレルが好き……そばにいたい……離れたくない……」

彼にしがみつき、唇を求めあう。心の堰が切れ、飢えた心を満たすように彼の唇を求める。

「ん……ん……ふ」

百塔の街プラハ。クリスマスの雪が降りしきる、その片隅の路地で狂おしいままにキスをくり返す。あたりは真っ暗な闇で、今の自分にはもう何も見えない。

——けれど……見える。見えないのに、自分を見ているカレルの顔が見える。

蒼史は笑った。そしてカレルの頬に手を伸ばした。

「……見える……カレルの目がおれにも」

カレルの頬。冷たいのにあたたかくて心地よい。石膏のようだと思った。ううん、石膏よりも確かな実感となって永遠に続いていくぬくもりに感じられた。

「オレにも見えるよ、おまえが。やっと見えた」

愛しげに自分を抱くカレルの腕。背中を撫で、髪を撫でる神の手。

このまま何もかも失なったとしてもいいと思った。

失うかもしれないと思っていた時は、どうしてあんなに焦っていたのだろう。

こんなにも静かで、こんなにもあたたかで、優しい愛が目の前にあったのに。だからもう怖くない。生きるのも死ぬのも。

鐘が鳴っている。百塔の鐘が。数百年前から変わらない石の街の。

弔いのためではなく、純白の雪に包まれた、この聖夜を祝福する鐘が——。

甘美なる誓い

もしも、次に目が覚めた時に、世界が真っ暗だったらどうしよう。

いや、もしも目が覚めなかったらどうなるんだろう。

手術室にむかうストレッチャーの上でそんな不安を抱いていると、ぎゅっと手を強くにぎりしめられる感触が伝わってきた。

「……っ」

優しくてあたたかな手——これはカレルの手だ。

無機物である石に魂を与え、生き生きとした生命の力をあふれ出させることができる神から愛された手。

その手が今自分にも力を送りこんでくれているのだから、次に目が覚めた時、きっと世界はどこよりも耀いていて、自分の前に光があふれているように思う。

どうかそうでありますように。

どうかカレルと二人で前に進んでいけますように。

そんな祈りをこめているうちに手術室へ運ばれ、いつしか意識を失っていた。

◇◇◇

それから十カ月が過ぎた。季節は晩秋を迎えようとしていた。

一日ごとに空が高くなり、秋が深まっていく。

ここ——ベルリンの癌《がん》医療センターの病室の窓辺から見える菩提樹《ぼだいじゅ》の並木道も、一昨日よりは昨日、昨日よりは今日と少しずつ色を変えている。

あと少しだ。あとほんの少し。

あの菩提樹の枝に雪が積もる前にプラハに戻りたい。

そんな思いを抱きながら、蒼史はその日もリハビリルームで懸命に歩行訓練を行っていた。

昨年の暮れ、蒼史はカレルの義兄の尽力もあり、ヨーロッパ屈指といわれているこのベルリンの癌医療センターに入院することになった。

病状はかなり悪化し、腫瘍も大きくなっていたため、体力的に無理があるかもしれないと言われながらも、すぐに手術をするしかないような状態だった。

『このまま放置していては助からない。すぐに手術に踏み切ろう。ただし手術できない部位に腫瘍が広がっていたり、転移が認められた時は覚悟して欲しい』

そう言って手術の執刀をつとめてくれたのは、世界的にも名高い脳外科医だった。

カレルの義兄の恩師にあたり、彼のおかげで蒼史は成功率のかなり低い手術から生還することができたが、その後、長く意識を失っていた。

意識が戻ってからも動くことができず、合併症やウイルス感染、高熱と、何度も死線をさまよい、再手術まで受けた。

もうダメだ、もう目が覚めないかもしれないと思うことも何度かあったが、ベルリンに春がきて、菩提樹の若葉が初夏のあざやかな陽光にきらめくようになったあたりから少しずつ容体が安定し、やがて抗癌剤治療の副作用もおちついてきて起きあがれるようになった。

そして今は、手術によって障害が残った右半身の機能を回復させるためのリハビリに励む毎日を送っている。

残ってしまった障害——入院するのが遅れたために腫瘍が完全に視神経を圧迫し、結果的には右目の視力は弱ったままで、もう明暗くらいしか判別できなくなってしまった。

右半身の麻痺と言語機能は気長にリハビリすればかなり回復できるというのだが、最初のうちはほぼ寝たきりで、何も話すことができなかった。

しかしそれよりも蒼史は命があること、カレルとともにいられることに感謝していた。

左目で世界を見ることができるし、あとの機能はほぼ健常者に近いところまでに回復している。

何より自分は生きている。死を覚悟してプラハで過ごしていた時のことを思うと、それ自体が奇跡のようなものなのだから。

——もう少しだ。だいぶ楽に歩けるようになってきた。

ひとしきり歩行訓練を終えると、リハビリルームの手すりによりかかり、蒼史は壁の鏡に映っている自分の姿を見た。

白いジャージに身を包んだ小柄な日本人。脳の手術に加え、放射線治療の副作用で髪が抜けて一時はどうなるのかと思った頭髪も、ようやく前髪が風に靡くほどに伸びた。

入院中の完全に管理された生活のおかげで、肌は日本にいた時よりも健康的に見えなくもない。たまに松葉杖をついて近くの公園まで散歩に行くと、病気ではなく、交通事故で足を悪くしたのかと質問されるほどだ。

——よかった、ここまで回復できて。あと少しで退院できるなんて夢のようだ。

蒼史はふっと口元に笑みを刻み、手すりをにぎりなおし、歩行訓練を再会した。蒼史の頭のなかには、先日、医師の言った言葉が響いている。

『もうそろそろ退院してもいいんじゃないかな』

琥珀《こはく》色の目をした担当医がにこやかにそう言ったのは、先週初めのことだった。

『本当ですか?』

蒼史は、すっかり使うのに慣れた英語で問いかけた。

『数値も安定しているし、よほどのことがないかぎり大丈夫だろう。それにしても、よく短期間でここまで動けるようになったね。初めのうちは話すことも起きあがることもできなかったのに。今では杖をつけばちゃんと歩けるし、言葉もきちんと話せるようになって』

『ええ、なんとかクリスマスまでに退院したくて』

『それなら十分大丈夫だ。あとはしっかりリハビリして、自分のことを自分でできるようになったら、ここを出ていっていいよ』

退院、あと少しで退院できる。早くカレルに連絡しなければ。

蒼史は胸の前で手を合わせ、湧き起こる喜びを嚙みしめた。

『ありがとうございます。一年前は死ぬか寝たきりになるかを覚悟していたのに、こんなに動けるようになって……その上、退院だなんて夢のようです。本当に先生にはなんとお礼を言っていいか』

『礼を言うなら、まずカレルくんに対してだろう。あんなに献身的な友人がいて、君は本当に幸せだよ』

医師の言葉が胸に深く落ち、蒼史はしみじみと幸せを嚙みしめてうなずいた。

『ええ……本当にそうですね』

この一年間、カレルがどれほど自分によくしてくれたか。

――カレルがいなければ……おれはもうとうにこの世からいなくなっていただろう。

あらゆる難手術を成功させてきたという名医、病院が誇る最先端の医療技術、そして何より、わざわざ病院の近くにアトリエを借り、プラハとベルリンを行ったりきたりしながら献身的に励まし続けてくれたカレルの存在がなければ、蒼史の命は助からなかった。

だから彼のためにもがんばろう。彼にこれ以上迷惑をかけたくない。彼ともう一度プラハでクリスマスを過ごしたい。

強い一念をもって苦しいリハビリに耐え、なんとかここまで回復し、あとは退院を待つのみとなった。

けれど退院したあとのことは、まだ何も考えていない。

これから先、どうすればいいのだろう。入院前、自分の将来がどうなるかわからず、もうこの恋をあきらめようと思った時、カレルはどんな姿になってもいいからずっとアトリエで暮らしてくれと言って蒼史をプラハに引きとめた。

だけどここまで回復したからには、カレルに頼るだけの生活ではなく、自立し、自分の力でしっかりと生きていくことを考えていかなければならない。

そんなことを考えながら歩行訓練をしていると、ポンと後ろから若い看護師に肩をたたかれ、蒼史ははっと我に返った。

「蒼史くん、熱心なのもいいけど、頑張り過ぎよ。今日の分は十分やったでしょう」

金色の髪を結い上げた、大柄なドイツ人女性が笑顔で話しかけてくる。

「でも、もう少し」

「ダメダメ、やり過ぎると身体にこたえるから。それよりそろそろ午後の三時よ。みんな、待ってるんじゃない」

「あっ、もうそんな時間ですか」

蒼史はあわててトレーニングルームをあとにし、背中に小さなリュックを背負って松葉杖をつきながら、同じ階にあるティールームへとむかった。

ゆっくりゆっくり廊下を歩いていく。窓から見る風景が一日ごとに変化するように、蒼史の身体も一日ずつ確実に回復しているのがわかる。

カレルが見舞いにくるたび、この廊下をよく一緒に歩いている。彼は決して自ら手を貸すことはないけれど、いつも蒼史のゆっくりとした歩行速度に自然に合わせて歩いてくれる。そういう見えない優しさが好きだなと思いながら、蒼史は昨日よりは楽に歩けていることを実感しながら廊下を進んだ。

「すみません、お待たせしました」

この病院の入院患者むけに、蒼史は日本語教室を開いている。英語と覚えたての片言のドイツ語を使って、簡単な日本語会話を教えているのだ。

長期の入院患者の精神的なケアにも役立つという理由で、この病院では許可の下りた患者が他の患者たち相手にボランティア活動をすることが許されていた。

蒼史も週に二度、希望者たちに日本語を教えているが、これがなかなか評判がよく、最初は三人相手の教室だったが、今では十五人の患者が集まっている。

——この調子でプラハでも日本語教師の仕事を探せればいいけど。

プラハで生きていくためにどうすればいいのか。

これまでカレルが自分のためにしてくれたこと、それに報いるためにも、自力で生活できるようになり、今度は自分が彼の喜んでくれるようなことをしたい。

一度はあきらめた人生を、これからは彼のためにに費やしていく。そう決意していた。

そしていよいよ蒼史の退院の日がやってきた。

◇◇◇

その日は朝から主治医の部下の研修医《レジデント》とともに飛行機に乗ってプラハにむかった。

いよいよ退院だと思うと、昨日は興奮のあまり目が冴えて、ほとんど眠っていない。こんなに緊張してしまってはプラハでどうなるんだろうと思うほど心臓がドキドキしっ放しだったが、飛行機に乗った途端、急に眠気が襲ってきて、蒼史はうつらうつらと眠り続けた。

——そういえば、去年プラハにきた時もそんな感じだったっけ。

昨年も今も前の日には眠れなくなるほど胸が騒いでいる。

でも今年のこれは昨年とは違う。

手に入れようとして手に入れることができず、それからはもう絶対に叶わないと思っていた長年の夢——プラハでカレルと一緒に生きていくという夢への第一歩を踏み出したのだという、明るい未来にむかうための緊張だ。

そのままプラハの新市街にある大学病院へ向かい、研修医が新しい主治医に蒼史の経過と状態を説明し、引き継ぎをしている間にひととおり検査をうけた。

迎えにきたカレルとともに、病院を出たのは夕刻になってからだった。

窓の外は暮れなずむプラハの街。

夕刻になるたび、うるさいほどの鐘の音が鳴り響いて残照を悼《いた》んでいるかのようだ。

時間を止めたように中世の俤を宿した街。

「よかったな。しばらくは週に一度の検診とリハビリが必要みたいだが、もうほぼ常態に近いようじゃないか」

迎えにきてくれたカレルの車の助手席に座ると、蒼史はかねてからずっと気がかりだったことについて問いかけてみた。

「あの、カレル、おれの入院費や治療費のことだけど、君が立て替えてくれてるんだろ。一体、全部でいくら必要だったんだ？」

入院中も気になって何度か質問したものの、カレルからは『大丈夫だ。それよりも今はリハビリに専念しろ』という曖昧な返事しかなく、病院の経理課に問いあわせても、支払い済みだという答えしかなかった。

ドイツの医療費は日本よりも高額だと思う。ましてや蒼史は保険にも入っていない。

一年分の入院費と手術料などを考えると、気が遠くなるほどの金額がかかったと思うのだが、カレルは一体どうやって工面したのだろうか。

「大丈夫だ。入院費の心配はしなくていい。オレが払った」

カレルは髪をくしゃくしゃとかきあげ、プラハの旧市街へと車を進めていった。

「でもすごい金額なんだろ。おれ、保険にも入ってなかったし」

「ああ、アトリエを抵当に入れて、銀行から借金した」

さらりと告げられ、蒼史は冷水を浴びせられたようなショックを受けた。大きく目を見開き、蒼史はカレルの横顔を見あげた。

「ま、待てよ、アトリエを抵当って……あそこはとても大切な場所なのに」

「そう、大切な場所だ」

「だったらどうして」

「どうしてもこうしても、それ以外に抵当に入れられるものがなかった。勿論、銀行にとられるような真似はしないから安心しろ」

カレルがそう言った時、彼の運転する車が家の前に到着した。

一年前と何一つ変わっていない白を基調にしたモダンで前衛的な建物。

カレルのアトリエ兼自宅だ。ここを抵当に借金をするなんて。もし返せなかったら、カレルはここを追い出されてしまうではないか。

「さあ、こい」

白い漆喰壁が剝き出しになった建物のなかから、石膏や粘土、油絵の具の匂いがふっと鼻腔へと流れこみ、二人で過ごしていた濃密な時間が懐かしくよみがえってくる。

自分のためにここを失うことになったらどうすればいいのか。

一体、どのくらいの借金なのか。カレルは、それをこれからの彫刻の仕事で返済していくつもりなのだろうが。

不安を感じながら戸口で立っていると、カレルが蒼史の肩に手をかける。

「どうした、早く中に。もう冬だ。そんなところでじっとしていると風邪をひくぞ。それともまだ歩くのが大変なのか?」

「あ、それは大丈夫。ほら、もうこんなに。ちゃんと杖なしで歩けるんだ」

蒼史は笑みを見せ、少し足を引きずりながらゆっくりと建物のなかに入っていった。

以前と同じように雑然としたアトリエ。モザイク画を創る時の卵の殻が床に散乱し、打ち放しのコンクリート造りの部屋は吐息の音ひとつまでも重厚に響かせてしまう。

高窓からは、街灯の光が白で統一された薄暗い部屋に入りこんでいる。まっ白な石膏の人物像、荒削りしただけで漠然とした形の大理石、白い布を被せられた石像、鋳造中のピエタ像などが乱雑に並べられ、海のなかを浮遊するクラゲが光を反射しているように感じられた。

一年ぶりのアトリエだった。このアトリエは、彼と、彼が生み出した作品の数々とともにひとつの美しい世界となって存在している。

ここはカレル自身の心の一部のような場所だ。彼が作品を生み出すための大切な大切な。彼の心、彼の命、彼の魂そのものがここに集約されていると思う。

「カレル、おれ、すぐに働くところを探して、少しでも早く返すようにするから」

その腕を掴み、蒼史は彼を見あげた。ふっとカレルが目を細め、蒼史の肩を軽く叩く。

「安心しろ。借金は、ちゃんとおまえの身体で返済してもらうから」

「身体？」

一瞬、妙な想像をしたせいか頬が火照ってしまった。そんな蒼史をカレルは意地悪い表情で見下ろし、その頬をクイと指の関節でつつく。

「そう、おまえの身体で払うんだ、いいな」

くすりと笑うと、カレルは白い布がかけられた石像の前にむかい、リモコンを使って天井のライトをつけた。

「これだよ」

カレルはサッと布を取りはらった。そこから現れた大理石の彫像を目にした途端、蒼史の鼓動は大きく高鳴った。

――これは……。

そこに現れたのは、等身大の自分だった。

ギリシャ風の民族衣装を着た自分が蠟燭を庇うようにもってまっすぐ前を見て佇《たたず》んでいる大理石の彫像である。

前から吹いてくる強い風に揺らぐことなく、髪と服をはためかせながら、今まさに自由を得ようと未来を見据えている若者の強い意志を感じさせる眸。

なんだか胸に迫ってくる力を感じる。

カレルの作品特有の優雅なフォルムは、彼がパリの芸術祭でグランプリをとった『美しき亡骸』となんら変わらない。けれどこれはあの彫刻とはまったく異質なものだ。

この彫刻には『死』やネガティヴな世界へと誘惑するような冥さはなく、むしろ冥界からしなやかに蘇生《そせい》しようとする人間の力強さを感じ、見ているだけで心のなかに花が咲いたような豊かな気持ちになる。

天井から落ちるダウンライトの光を浴び、大理石のなめらかなカーブが艶やかにきらめいている。今にも動きだしそうな指先目蓋、口元、足。ひとつひとつの部位が生命を吹きこまれて耀いているような、そんな彫刻だった。

「おまえをモデルにして創った彫刻だ。来週、新しいコンサートホールの柿落《こけら》としで、チェコの民主化のメモリアルコンサートが行われる。これは、そのホールを飾る彫刻のひとつだ。他のものはすべてホールに搬入したが、これはおまえに見せてから運ぼうと思っていて」

「……っ」

自分のはしたない想像を恥ずかしく思う気持ちは、彼が創ったこんなに生き生きとした彫像を前に霧散していた。

自分ではあるけれど、自分ではない。この作品のなかには、カレルが捉えた蒼史の魂と同時に、カレル自身の情熱と魂も息づいている。だから二人分のエネルギーがパワーとなって胸に迫ってくるのだろう。

「一連の作品のテーマは『蘇生の瞬間』。モチーフは二〇年前の革命時に、自由と平和を求めて広場に集ったチェコの人々の姿という漠然としたものだったが、中心となるこの彫像には、きっとその時の人々が持っていた、美しさと躍動感と、命の耀きが感じられると思うんだ」

蒼史の彫像をしみじみと見つめ、カレルはめずらしく自分の作品を解説していた。

――チェコの民主化……。それはこの国の人々にとって、とても大切なものだ。

二〇年前までこの国は実質的に旧ソビエトの属国にも等しい共産主義国の一つとして、厳しい言論統制や自由経済の規制が行われていた。

しかしベルリンの壁が崩壊し、ペレストロイカによる旧ソビエト連邦の解体により、この国をはじめとする東ヨーロッパ諸国に民主化革命の波が押し寄せた。

その時に、この国の人々は一滴の血も流さず平和的に民主化を行ったのだ。

大勢の血を流したルーマニアや、内戦が勃発したユーゴスラビアなどを見ると、それはチェコの民衆が成し遂げた偉業といっていいだろう。のちに『ビロード革命』と称えられ、チェコの人々は今もその時の革命を強く誇りに思っているらしい。

カレルが蒼史をモデルに創った彫像は、この国にとって当時の民衆の姿を象徴する、きわめて重要な意味をもつ、大切な作品である。

「そんな大切なものにおれをモデルにしたりして大丈夫なのか」

「おまえじゃないと創れなかった。革命の時、まだ物心もついていなかったオレは人々がどんなふうに自由と平和と命の大切さを噛みしめていたか想像もつかない。きっとおまえをモデルにしなかったら、こんなふうに生き生きとした作品は創れなかった」

「カレル……」

「オレは若くて健康で、生まれ育ったところも平和で自由で、好きなことを好きなだけやれて、天才だともてはやされてそれが仕事になって、……そんな恵まれた環境にいた。だがオレの欠点は、人々の気持ち、特に苦しみや哀しみをなかなか理解できなかったことだ。何せ、五年前、おまえと別れるまで、己のなかにマイナスの感情があること自体、知らなかったんだから」

けれど蒼史との恋愛によって心の痛みや憎しみを知り、再会によって人を想う気持ちというのは、愛とも憎しみとも割り切れない複雑なものなのだと実感した。

蒼史を憎く思う自分と、愛しく思う自分が表裏一体の形で存在し、その時その時のちょっとした会話や相手の反応によって、そのどちらかが表面に出てくる。あまりにも恵まれていた自分は、そんなことすらもよくわかっていなかった。

「今ではさらに進歩した。おまえの人生ごと抱えて生きていこう、それだけの男になろうと思えた。おまえのおかげで、オレもずいぶん大きくなったと思わないか？」

少し自慢するように言って、カレルは優しい笑みを見せた。

憂いのすべてを洗い流したような、浄福の笑み。その時、蒼史はなんとなく自分の存在が許されるような気がした。

彼を傷つけた過去、今もまたいろんな面で彼に迷惑と負担をかけている。

でもそれすらも、この人は己の芸術の糧にし、大きく大きく前へと進んでいく。とても瑞々しく、とてもしなやかな魂を持っている人なのだ。

それを実感し、蒼史は胸のつかえのようなものがとれるのを感じた。代わりに、す－っとそこにあたたかな空気が流れこんでくる。

「蒼史、おまえと出会ったことで、オレはたくさんのものを得た。オレを想うおまえの激しさ、その目の光の強さ。おまえの命を守りたいと想うオレ自身の決意。生きるために病院で必死にがんばっているおまえの健気さ。そんなおまえを励まし、力になりたい、おまえを勇気づけられるような芸術家になりたいと思うオレのなかの強い野心。すべてはおまえとの時間がなければ得られなかったものだ」

「カレル……」

「これを見た別のクライアントから、同じモデルを使った彫像をいくつか創って欲しいと頼まれた。それを全部創れば、おまえにかかった医療費をすべて払ってもおつりがくるだろう。だから、またモデルとして身体で払ってもらう」

「いいの？　それで本当に」

蒼史は顔をあげてカレルの顔を見つめた。

「いいも何も、おまえがいないと作品が完成しない。おまえの命を通して見えてくるものがオレには必要なんだ。おまえがいないとオレのほうが商売あがったりになるじゃないか」

肩をすくめ、冗談めかして言うカレルの言葉がうれしかった。

自分のなかに彼が命の耀きを見いだしてくれているのだとすれば、それはカレルへの想いがあってこそのものなのに。カレルが好きだという、その気持ちだけに支えられ、ここまで回復したのだから。

しかし次の瞬間、蒼史はその彫像の足を見て、目をみはった。

ギリシャ風の服が風に煽られて腿のあたりまで露出しているのだが、膝下には蒼史と同じ傷痕がくっきりと刻まれていたからだ。

「カレル……この傷……まさか」

母が自分の足につけた傷。

「ああ」

「ダメじゃないか、大切な作品に傷痕を刻んだりしたら。どうしてこんなことを」

蒼史はカレルの服を掴み、その身体を揺すった。

そんな蒼史の額にかかる髪を愛しげに梳きあげながら、カレルは目を細めてほほえむ。

「いいんだ。この傷を含めてありのままのおまえがとても綺麗だと思うし、何より愛しいから」

クライアントもカレルの好きにしてかまわないと言ってくれ、むしろ革命のなかで平和を求める一市民というイメージがいいのではないかと捉えてくれたらしい。

「ありがとう、カレル」

カレルの創作活動にとても必要とされていることがうれしかった。と同時に、こんなふうに思っては罰が当たるかもしれないけれど、それが少しだけ淋しかった。

彼の自分への想いは、恋愛というよりも、そうした創作に必要な、造形的な興味だ。ひとりの男として熱情を注ぐ相手というよりは、芸術家として必要不可欠な創作意欲をかきたてられる対象。それをなんとなく実感し、ありがたいと思う反面、胸の奥のほうが切なくなってきた。

そんな蒼史の想いに追い打ちをかけるように、カレルはポケットから鍵を取り出し、こちらに手渡してきた。

「だから、蒼史、おまえをモデルとして四六時中拘束する気はないから。この国でちゃんと自力で生活していきたい、何より日本語教師として働いていきたいというおまえのプライドのためにも、むかいのマンションにおまえ専用の部屋を用意した」

「おれの部屋……」

「そう、おまえが自由に使っていい空間だ」

掌に真鍮の鍵が落ちた時、蒼史は、ああ、そうかと思った。

さっきから気になっていた違和感。このアトリエには、もはや一年前に蒼史が使っていたベッドや家具はない。荷物も何一つ置かれていない。

それぞれ独立した人間として生きていこうと線を引くためにも、カレルはむかいの建物に蒼史の部屋を借りてくれたのだ。

やはり自分はカレルの創作のためだけに必要な存在であり、恋情や性欲を超えたところにいるのかもしれない。

「カレル、本当にありがとう。こんなにいろいろしてくれて。今回は君の言葉に甘えるけど、これからはおれが君に恩返しするから。モデルとして必要な時はいつでも呼んで。それ以外の時は、ちゃんと日本語教師として独立して、君に迷惑をかけないようにがんばっていくから」

蒼史はそっと踵をあげてカレルの頰にキスすると、そのままたどたどしい足取りで玄関にむかおうとした。そんな蒼史の腕をクイと後ろからカレルが摑む。

「待て、蒼史。おまえ、一体、どこに行く気なんだ」

「どこって……むかいの部屋に行くんだよ」

振り向き、蒼史は笑みを作った。

「別に、今から見に行かなくてもいいじゃないか。それともそんなに仕事が好きか？」

「仕事？」

意味がわからず目をぱちくりさせた蒼史に、カレルはチッと舌打ちした。

「……まさか、おまえ、オレがむかいのマンションでおまえを一人暮らしさせようとしている……なんて思ってるんじゃないだろうな」

「違うの？」

蒼史はきょとんと首をかしげた。

「ったく、どうしてそう極端なんだ、おまえは。まあ、おまえのびっくりする顔が見たくて、これまで何の説明もしなかったオレが悪いんだけど」

忌々しそうに呟き、カレルは蒼史の身体をふわりと抱きあげた。突然の行動に、蒼史は何がなんだかわからず目をみはった。

「カレル……ど……」

視線を合わせ、ふっと目を細めて意地悪そうにカレルがほほえむ。何かたくらんでいるような、子供のような目。

「今からいいものを見せてやる」

蒼史を胸に抱きかかえ、カレルがアトリエを出て二階へと上がっていく。モルダウ川の見える窓辺を通り、白壁の踊り場を抜け、カレルは二階の奥にある部屋の扉を開けた。

パッと目に飛びこんでくる淡いライトに蒼史は息を呑んだ。

――何……これ。

蒼史はカレルに抱きかかえられたまま、呆然とその部屋を見つめた。

白とやわらかな木の色で統一されたおよそ三〇畳ほどの部屋は、白壁に素朴な木の梁が剥き出しになったあたたかみのある空間になっていた。

なんと、そこには二人で暮らすための部屋が造られていた。飴色の木製の窓枠がついた窓辺には、プラハのどの家にもあるようなあざやかな赤色の薔薇の花鉢が飾られ、壁にはカレルが描いたデッサンが飾られている。

たっぷりと光が降り注ぐ窓のむこうには、プラハ城を中心とする旧市街が一望できる美しい絶景。

ワンフロアで何もかもできるようになっていて、カウンターのむこうには白を基調にしたキッチンと洗濯機置き場。反対側のカウンターのむこうには白と黒いタイルでモダンにデザインされた洗面台。その奥には愛らしい猫足のバスタブが見えた。

大きなダブルベッドには優しいラベンダー色のベッドカバーがかけられ、キッチンテーブルには二人分の食器、ロングソファには二人分のクッション、ローテーブルには二人分のマグカップ。

「ここがおまえとオレの部屋だ」

「え……じゃあ」

「むかいのマンションは、おまえの仕事場。この間、オレの日本語の先生が言ってたんだ。教室が手狭になってきたので、初心者用の分室をもつ予定だと。そこに新しい講師を雇いたいと相談を受けたんだ。だから蒼史の話をした」

　そしてカレルはその先生に癌医療センターで蒼史が開いていた日本語教室の様子のビデオを見せたらしい。するとすぐに蒼史を気に入ってくれて、もしカレルがきっちりと身元を保証することができ、責任をもてるというのなら、この日本人に初心者クラスを任せたいと言ってくれたそうだ。

「嘘……どうしてそんなことまで。カレルの責任だなんて」

「オレの責任だろ。オレが紹介したんだから。先生は、蒼史のふわっとした優しそうな雰囲気がいいって気に入ってくれた。むかいのマンションは、立地もいいし、生徒もたくさん通ってくるだろう」

「いいの、そこまでしてもらって……」

「いいも何も、以前におまえもしてくれたじゃないか。祖父さんにかけあって、オレにおまえの責任で陶芸の窯が使えるようにしてくれて」

「あんなこと……それはカレルがそれだけの人だから」

「これも同じだ。おまえがそれだけの人間だからだよ。むかいはおまえの仕事場。ここはおまえの生活の場所。あそこにおまえがゆっくりとできる場所も用意しておいた」

カレルが視線をむけた窓辺に、蒼史の荷物が置かれたスペースがあった。窓のむこうには、モルダウ川を眺めることができるテラスもある。座り心地のよさそうなロッキングチェアとカフェテーブルがあり、そこに白い小さな湯呑みが置かれていた。

「カレル……この……湯呑み……」

それを見た瞬間、蒼史の眸に熱いものがこみあげてきた。

カレルが初めて創った京焼の湯呑み。この愛らしい仔犬のイラストと美しいフォルムに惹かれ、カレルの創る作品に興味を持ち始めた。

「どうして……これがここに」

これは日本で入院していた時に、病室でずっと使っていた。旅先にもってきて割れるようなことがあってはいけないと想い、自分の荷物とともに残してきたのだが。

「日本から親戚の人に頼んで送ってもらった荷物のなかに入っていた。悪いけど、おまえが残していた遺書も読んだ。もしも自分に何かあった時は、この湯呑みを棺に入れて欲しいと記されていて……オレは……」

そこまで言うと、カレルは何か言葉に詰まったように唇を噛みしめた。

「カレル……」

見あげると、いや、と彼はかぶりを振り、ベッドの上にそっと蒼史の身体を置いた。

そしてカレルは蒼史の背にまわした腕に力を加えてきた。

ふっと胸が重なり、カレルの体温が衣服越しに伝わってくる。溜まってくる熱の心地良さ、自分が帰るべき場所に戻ってきた安心感をおぼえた。

「もういいだろ、もういいかげんオレにプロポーズしろよ」

「……プロポーズって……」

ごくりと息を呑んだ蒼史の顎を摑み、カレルが顔を近づけてくる。

「言えよ、どうしたいか、おまえから」

「どうしたいって……」

「オレの心は、さっきの影像からもこの部屋からもわかるだろ。オレは毎日毎日蒼史の居場所を作って待っていたんだ。おまえからもそれに見合ったご褒美《ほうび》が欲しい」

すがるように見つめられ、胸の奥が切なさに軋んだ。

そしてこのままカレルとここで溶けあいたい衝動が胸の底から強く湧いてきた。この一年、二人は一度も身体をつないでいない。何度かくちづけを交わしたことはあるけれど、医師から退院の許可が下りるまでは、蒼史の身体を気遣って何もしないとカレルは言っていた。

だから今朝、ベルリンの病院を退院する前、蒼史はとても恥ずかしかったけれど、医師にそれをしてもいいのかどうか尋ねてみた。

『あの……おれの身体……セックスしても大丈夫でしょうか？』

たどたどしく質問した蒼史に、主治医は幸せそうにほほえんだ。

『よかった。本当に回復してきたんだね』

『えっ？』

『性欲というのはそもそも健康でないと湧いてこないものだ。君がそれをしたいと思うなら、好きなだけ楽しみなさい。ただし一晩に五回も十回もした時は、また再入院しなければいけない可能性も出てくるかもしれないが』

『そこまでは……さすがに……』

カレルでもすることはないだろうと思ったが、蒼史は頬が赤くなるのを感じながら、ハハハと苦笑いするしかなかった。

「あの……身体だけど……おれの身体は……ご褒美になる？」

言ったあと、カッと頬が熱くなった。何て恥ずかしいことを口にしてしまったのだろうと思った蒼史に、カレルがわずかに目を細める。

「オレと寝たい？」

「……うん」

羞恥のまま蒼史はうつむいた。しかし顎にかかったカレルの手に顔を戻される。

「ダメ、うつむくのはNG。オレの目を見て、はっきりと言って。オレとどうしたい？」

綺麗な蒼い眸。もう蒼史の右目が彼の眸を見ることはできないけれど、左目は今もこうしてこの眸を見ることができる。そう思うと、それだけでとても幸せで、もう恥ずかしさや臆病さは捨ててしまおうと思った。

「おれ……カレルとセックスしたい。カレルが欲しい。今ここで。担当の先生も、セックスしても大丈夫だって言ってた」

「おまえ……それ……マジで医者に質問したのか？」

驚いたように眉をあげたカレルに、蒼史はこくりとうなずいた。

「だってカレルが好きだから。退院したらすぐにカレルを欲しいって思ったから」

真剣に言う蒼史に、カレルはふっと口元をゆるめた。

「じゃあ、言ってくれ。これから毎日それ言って。おまえの欲しいもの、全部言葉にして。全部、おまえにやるから」

恥ずかしくなるほど甘い言葉を囁き、カレルがキスしてきた。

「ん……んっ……く」

懐かしいカレルの唇。いつもいつもこうやってしっとりとこちらを包み、味わうようにキスしてくる、その感触が大好きだった。

濃厚なキスに息苦しさを感じながら、蒼史はその背に腕をまわしていた。

「……っ」

身をすくめた蒼史の膝を腕にかけ、カレルが上からのしかかってくる。

たがいの唇を重ねたまま。

その重みに蒼史の心臓は徐々に高鳴り、やがて激しくに脈打つ。

「……ん……っ」

恥ずかしさを感じながらも、蒼史は久しぶりのカレルの愛撫に酔いしれた。

ペニスを嬲《なぶ》っていた手が、やがて雫のぬめりを借りて後ろをほぐしはじめる。そうして簡単に慣らされたあと、熱い凶器が双丘を割ってきた。

「……っ」

蒼史はとっさに背をしならせた。

「きつい……ここ、ずっと使ってなかったもんな」

「……ごめ……っでも……大丈夫、きて……ん」

「だけど……狭すぎ……おまえを壊しそうで」

「壊れない……壊れないから……もっと」

溜まっていく熱。にじみ出る汗。カレルがそこにいると思うと、自分の内壁の狭さが悔しくて、もどかしい。もっときて欲しいのに、もっと攻め立てられて、彼と一体になっているという実感を得たいのに。

「あ……っもっと……そう……そこ」

カレルが欲しい。その気持ちのままにその背に腕をまわし、彼が挿ってきやすいように腰を浮かすと、ぐぅっと奥のほうまで熱い塊に埋めつくされる。

「ん……っあぁっ、あぁ」

ズンと奥を突かれ、その衝撃に蒼史の心臓は跳ねあがる。久しぶりの媾合は、蒼史が思っていた以上に苦しく、痛みのあまり彼をぎゅっと締めつけてしまう。

「っ……大丈夫か……身体」

心配そうに気遣ってくれる彼の心がうれしかった。

「平気……もっときても……ん……っく」

入り口の肉の環をいびつに広げ、猛《たけ》りが粘膜を圧し割ってくる。細い蒼史の腰骨を掴み、カレルは腰を前後に動かしながらゆっくりと押しあげてきた。

「あっ、あっ、あぁ」

突きあげられるたび、摩擦熱が奔り、かっとそこが痺れたようになる。

「ダメだ、いたわってやりたいけど……暴走してしまう……おまえんなか……良すぎて」

久しぶりの想いをこめるように彼が肉茎を埋めこんでくる。とろとろになった肉襞がふるふると震え、絞るように彼を締めつけていく。

「っあ……は……んっ……もうっ、あぁっ、あっ」

腰を抱きこまれ、ぐっと半身を起こされる。彼をまたぐような体勢に変わった途端、下から串刺ししているものの質量にズンと背筋が痺れた。

「あっあ、あっ、カレル、あ、あぁっ！」

「蒼史……手術して……前よりエロくなってない？」

「ん……っあ、あぁ……それは……君が……好きで……」

きっと一度死んでもいいと思ったから。もうすべてを失ってもいいと覚悟した人間は、そこから蘇生したあとはとても強くなれるのだと、改めて実感した。

だから恥ずかしさよりも、こうして彼とつながっていること、こうして彼と抱き合っていることに悦びを感じ、身体が快感に素直に反応してしまうのだと思う。

最大限に開かれた蕾の内側に硬い性器がすっぽりと収まっている。少しでも強く腰を揺らさずにはいられず、蒼史は大きく背中をくねらせた。

「……カレル……大好き……そこ……すごくよくて」

「こんなに欲しがって……とろとろになって。……淫乱になった？」

「そんなこと……言われると……」

恥ずかしいという言葉を呑みこみ、蒼史はうつむいた。

「かわいいんだか、いやらしいんだか……エロいくせに羞じらって……かえってそれがいやら

しいってわかる？」

ふっと嘲笑するように呟き、彼が首筋の肉に咬みつくようなキスをしてくる。皮膚に弾けるような痛みが奔り、身体を強ばらせた瞬間、体内にいた彼をぎゅうっと強く締めつけてしまっていた。

「……く……締め過ぎ……。久しぶり……それでなくても、なか、狭いんだし」

「ごめ……しょうがなくて……おれ……」

「いい、もっともっとしょうがなくなれよ。どうしようもないほど乱れまくって……一年待ったご褒美をくれ」

腰を摑んで、上下にされ、かき回され、もう何がなんだかわからなくなっていく。こうしていられることのうれしさ、内部で暴走する彼の動きの心地良さ。恐ろしいほどの快感と喜びが胸にあふれ、羞恥も何もなかった。それどころかせがむように彼の背をかき抱いていた。

「んっ、いいっ……カレル……もっと」

「蒼史……」

カレルの唇に圧迫するように乳首をつぶされ、かっと腰のあたりが熱くなり、内部にいる彼の肉をますます強く締めつけてしまう。

「すごいな……こんなに熱い肉があるなんて」

激しいグラインドは止まらない。火が奔るような摩擦熱に息が上がっていく。

「あっ、あっ」

どこからが彼の肉で、どこからが自分の肉か境界がわからないほど熔けあっている。

「やっぱり生き返って……おまえ……エロくなった……何かオレが負けてる」

「じゃあ、負けないで。もっときて……」

「そのつもりだ」

ぐいっとカレルが突きあげてきた。

「……あぁっ！」

全身に痺れが奔る。だが痛みだけではない。奇妙なうねりと熱い奔流が全身に快感を送りこみ、蒼史は身悶えた。

「あ、あぁ、いい……そこ……カレル……っ」

彼の肩に爪を喰いこませ、体内で暴れる猛った肉塊が刺激に身を委ねる。

「なか……すごい。溶けた石膏みたいに熱くなって」

「あ、はぁ、っ、ん…いい、んっ」

「いいのか？」

「……ん…大好き……カレル……っ」

「あ……ぁっ」

　ゆっくりと奥の感触を味わうような抽送。やがて最奥を貫かれ、内臓が迫りあがりそうな圧迫感に襲われる。蒼史はたまらずその肩に爪を喰いこませた。

「う……あ……っ」

　カレルが自分の内側にいる。

　知りあってもう六年。愛しくて愛しくて忘れられなくて、プラハまで命懸けでやってきて、ようやく手に入れた人。

「あ……あ……あ」

　やっと帰るべき場所にたどり着いた――そんな実感をおぼえながら、蒼史はカレルの背に手を伸ばして身悶えた。


「ん……」

　目が覚めると、パンを焼く香ばしい匂いが部屋中に漂っていた。

　ベッドのなかにすでにカレルの姿はなく、彼は白いシャツとズボンを身に着け、食卓に朝食の用意をしていた。

「カレル、おれのこと、甘やかし過ぎ。幸せ過ぎて怖くなる」

　半身を起こし、蒼史は目を細めてほほえんだ。

「怖くなるほど幸せにしないと、おまえ、また消えそうで怖いんだ」

「消えないよ、ずっとここにいるよ」

蒼史はガウンをはおり、ベッドから裸足のまま下りた。

昨夜はどのくらい激しく求めあっただろう。甘美な疲労感とどうしようもない倦怠感が全身に残っている。けれどこれ以上ないほどの安心感に全身が心地よく満たされていた。

これからここで一緒に暮らしていく。カレルと二人で、楽しい毎日を過ごすのだと思うと、いてもたってもいられなくなりそうなほどの熱い幸福感が全身を駆けぬけていく。

「さ、あとはコーヒーを淹れるだけだ」

コポコポとカップにコーヒーを注ぐカレルの大きな背に、蒼史はそっと後ろからしがみついた。そしてその肩に顔を埋める。

「どうしたんだ、蒼史」

「ありがとう、カレル。大好きだよ、だから……」

二人だけの結婚式をあげよう……という恥ずかしいことを思い切って口にしようと思った瞬間、蒼史は部屋に設えられた和風の調度品を見て顔を引きつらせた。

「……っ！」

「どうした、蒼史」

「どうしたも……こうしたも……」

置かれている。

黒檀《こくたん》の仏壇を食器棚にしている。しかも銅製の大きな鈴が逆さまに伏せられ、上に座布団が

あれはリンを載せるものなのに、カレルは人間が座る座布団と間違えているらしい。

ああ、しかもどこで何を間違えたのか、神棚に千手観音像が飾られている。しかもその横にあるのは、晴明《せいめい》神社の五芒星《ごぼうせい》のマーク入り絵馬。

「あれは、蒼史と行った三十三間堂で買ってきたミニチュアの千手観音像だ。その横にあるのは、ダビデの星とそっくりの絵で……」

と自慢げに説明しているカレルの姿にもの悲しさを感じ、蒼史はプロポーズはもう少し先のほうがいいかもしれないと思った。

——カレル……。日本に一年以上いたのに。完璧なほど日本語が上手なのに。

妙な勘違いをしているところは、他の外国人とそんなに変わりはない。

「どうした、変な顔して」

「別に変な顔なんて」

「どこかおかしいのか?」

恐ろしいほど美しい顔に、綺麗な日本語。世間では日本文化に造詣が深い美貌の天才芸術家ともてはやされている、孤高のアーティスト……。

そんな人間があんなにも愛らしい初歩的な間違いをしていることがおかしくて、蒼史は思わ

ず噴き出した。

「ハハハ、カレル、最高だよ」

「どうしたんだ……蒼史」

「君にも欠点があったなんて。ああ、何かすごくおかしい」

声をあげて蒼史は笑った。

どうしたんだろう、こんなに笑ったのは生まれて初めてだ。

「おい、何がおかしいんだ。おまえ、絶対にオレをバカにしてるだろう」

めずらしくカレルが困惑した表情で蒼史の肩を揺する。その年齢相応の若々しい態度がかわいくて、蒼史は笑いを止めることができなくなってしまった。

天才なのに。歴史に名を残すかもしれない人なのに。それなのに、ちょっと笑われたくらいで焦っている姿がいっそう愛しくて、今度は蒼史の眸から大粒の涙が出てきた。

「蒼史、どうしたんた、一体」

「どうもしないよ、これは……ただ」

「ただ」

「……どうしようもないほど幸せだなって思って」

頬を涙に濡らしながら言う蒼史に、カレルは蒼い目を細めてほほえんだ。

「じゃあ、好きなだけ笑って、好きなだけ泣けばいい」

「うん……そうだね」

自分が声をあげて笑うなんて。自分が人前で大粒の涙を流してしまうなんて。幸せだなと思った。そして気づいた。

幸せというのは、自分が前に踏み出さないと手に入れられないものなのだと。

カレルに会いたいという一念で、プラハまでやってきた自分。

あの時、死をも怖れていなかった。ただ会いたくて会いたくて。

そうやって踏み出した勇気。カレルに誤解されて傷ついたり、もうダメかと思うことは何度かあったけれど、それもすべて、カレルが好きだからプラハに行きたいという気持ちがなければ何も始まらなかった。だからこれからも前に進んでいこうと思った。カレルと二人で幸せになるために。

今日よりも明日、明日よりも明後日をよりすばらしい一日にするために。

そんな想いを胸にいだきながら、蒼史はカレルの肩にもたれかかり、窓の外の風景を見下ろした。すっと肩を抱きよせるカレルの手のぬくもりが心地よい。

プラハの街では、また教会の鐘が鳴っている。淡い朝の光に包まれ、モルダウの銀色の川波がきらきらときらめいている。

今日は、このあと一緒にクリスマスの買い物に出かけよう。そして帰ってきたら、今度は自分がカレルにあたたかいコーヒーを淹れてあげよう。

そんなおだやかな日がずっと長く続きますように。ずっとずっと続きますように。
心の中でそう強く祈りながら、蒼史はカレルの体温を噛みしめるように味わっていた。

あとがき

こんにちは。初めましての方も、いつも応援してくださいます方も、うっかり買われました方もどうぞよろしくお願いします。

今回は、外国人と日本人の話です。東欧の美しい古都プラハを舞台に、若き天才彫刻家と、気だてのいい日本人青年との、静かな密室内でくり広げられる、ちょっとばかり狂気じみた切ない恋と、肉体のパーツ創りや視界、石膏プレイといったフェティッシュなエロス——というものを目指しました。

密室がテーマのせいか、主役のふたり以外の登場人物が殆ど登場せず、大半の時間がアトリエで過ぎていく感じです。あ、でも監禁ものではありません。それも好きですが……今回はふたりだけの狂おしい感じの密室になればいいなと思って書きました。

白い彫刻、白いアトリエ、石膏、粘土、古都、クールビューティ系の攻めなど、シンとした、ひんやりとした空気と、静かな、でも狂気じみた愛みたいなのが書きたくて挑戦しましたが、あとになって、こんなにもマイナーな話、読んでくださる方がいるのかなと不安を抱くようになりました。がんばりましたので、読んでいただけたらとてもうれしいです。どうぞよろしくお願いします。

そういえば、今回、舞台にしたチェコのプラハもわりとマイナーですよね。街のセピアがかった美しさは、三雲《みくも》先生が口絵のカラーで描いてくださっていますが、東ヨーロッパにある、街全体が世界遺産になった美しい古都だと思ってくださいね。

　どちらかというとラテン好きの私ですが、生まれて初めて行った海外は、チェコのお隣のオーストリアのウィーンでした（生まれて初めて踏んだ海外の地はロシアでしたが）。そして翌年、邪な理由から短期留学をしましたが、その時、通っていた学校に、チェコやハンガリー、旧ユーゴからの留学生が多く、プラハやブダペストへの日帰りツアーや文化研修なども催されていたことから、なんとなく東欧諸国や東欧のアートを身近に感じるようになりました。そうそう、ちゃんとウインナ・ワルツの授業もありました。さすがですね。

　ラテン諸国といえば、今回の主人公の父親はイタリアです。ちょうどその部分をチェックした時にたまたまラテン諸国にいたのですが、むこうに住んでいる日本の方が「彼らは日本人からしたらいいかげんに見えるんだよね。今日、プロポーズしても明日になったら忘れてる。でもプロポーズしている時は彼らなりに本気なんだよ」と話されていたことが印象的で、蒼史のパパもそんな感じだったのかなーと思いながら読み返しておりました。

　イラストを担当してくださいました三雲アズ様、まだカラーしか見ていませんが、色っぽく、瑞々しい雰囲気の二人をどうもありがとうございました。ラフで出して頂いた別の案もとても素敵だったので、それを読者の皆さまにお見せできないのがとても残念です。また口絵にも東欧の美しい街並みを描いて頂き、大変嬉しかったです。モノクロも楽しみにしていますね。

担当のT様、細やかなチェックとアドバイス、ありがとうございました。書き下ろしの姫抱っこのリクエストも楽しかったです（笑）。

某医大勤務のM様、美大出身のMちゃん、Cちゃん、いろいろ教え頂き、ありがとうございました。ダリア編集部、雑誌掲載時に相談に乗って下さったE様もお世話になりました。

この話は雑誌掲載分を分解して改稿し、それ以前のエピソードとそれ以降のエピソードを書きおろしました。少し内容を変えて独立した一冊にしましたので、あちらをお読みになられました方にも、新たな物語として楽しんで頂けたらいいなと思っています。

最後になりましたが、この本を手にとってくださいました皆さま、本当にありがとうございます。書いている時はいつも作品のむこうにいらっしゃる皆さまからの応援の声を原動力にしていますので、よかったら感想など聞かせてくださいね。また、最近、以前よりたくさんの出版社でお仕事するようになり、スケジュールがわかりづらいというお声が届くようになりました。ホームページで随時お知らせしていますが、ネット環境にない方でご希望の方は、半年に一度、情報ペーパーをお送りしていますので、宛先など御連絡くださいね。

それではまたどこかでお会いできますように。

華藤えれな

カレルが個人的にものすごくストライクだったので
作画確認の為、部分的に読み返す際
ついつい読みふけってしまい大変でした(笑)
素敵な2人に出会えてとても幸せです。

本文では2人の笑顔を描く機会が
なかったので、これからお幸せに…♡
という願いを込めて。ありがとうございました。

三雲マズ☆

ダリア文庫をお買い上げいただきましてありがとうございます。
この本を読んでのご意見・ご感想・ファンレターをお待ちしております。

〈あて先〉
〒173-0021　東京都板橋区弥生町78-3
(株)フロンティアワークス　ダリア編集部
感想係、または「華藤えれな先生」「三雲アズ先生」係

❋初出一覧❋

美しき亡骸 …………………… 2007年9月9日発売号小説リンクス掲載の
「ミッシングリング　美しき亡骸」を
大幅加筆修正のうえ改題
甘美なる誓い ………………………………………… 書き下ろし

欲望と純潔のオマージュ

2009年8月20日　第一刷発行

著者　華藤えれな

発行者　藤井春彦

発行所　株式会社フロンティアワークス
〒173-0021　東京都板橋区弥生町78-3
営業　TEL 03-3972-0346　FAX 03-3972-0344
編集　TEL 03-3972-1445

印刷所　中央精版印刷株式会社